源氏物語
くり返し読みたい

監修 林望
画 臼井治

はじめに――紫式部と源氏物語

平安時代は、女性の文学の黄金時代であった。そのにない手は「女房」と呼ばれる階級の女性たらで、多くは受領《ずりょう》とよばれる地方官の中級貴族の家柄の出であった。紫式部は藤原為時《ためとき》の娘で、この父もまた受領であったが、一方で漢学《かんがく》や歌学《かがく》に通暁《つうぎょう》した学者としても知られていた。兄の（弟という説もある）藤原惟規《のぶのり》は、どうやら紫式部よりも漢学の出来が悪かったらしく、『紫式部日記』には、惟規がなかなか漢籍を読み覚えないのに、わきで聞いていた式部がさっさと覚えてしまうので、父が「口惜《くちを》しう、男子《をのこご》にて持《も》たらぬこそ幸《さいわひ》なかりけれ（ああ残念な、この子を男の子として持たなかったことはなんとしても不運なことであったなあ）」と歎いたという有名な話がでている。『源氏物語』にも、『白氏文集《はくしぶんじゅう》』などの唐詩《とうし》、儒書《じゅしょ》、唐代小説『遊仙窟《ゆうせんくつ》』など、さまざまの漢籍の知識がちりばめられている。が、正確

な生没年は分っていない。およそ天禄《てんろく》元年（九七〇）から天延《てんえん》元年（九七三）頃に生まれたのであろうと推定されているにすぎない。また紫式部という名前も、ニックネームのようなもので本名は不明。当時の宮中では、おそらく「藤式部《とうしきぶ》」などと呼ばれていたことであろう。けれども、「若紫《わかむらさき》＝紫上《むらさきのうえ》」の物語である『源氏物語』があまりに名高くなってしまったので、紫式部と呼ばれるようになったものかと思われる。当時第一の権勢をほこった藤原道長《みちなが》の娘彰子《しょうし》が一条天皇《いちじょうてんのう》の中宮《ちゅうぐう》となり、その中宮に仕《つか》える女房として出仕《しゅっし》した式部は、貴族社会における人間模様を冷徹《れいてつ》に観察し、そこから構想力豊かに『源氏物語』を書いたのだが、登場する人物は、すべて式部の創造した架空の存在であることは注意しておかなくてはならない。

また『源氏物語』が、いつ、どのようにして書かれたかということも、具体的なことはよく分らない。しかし、この物語は、非常にリアルに描かれていて、後に本居宣長《もとおりのりなが》は、『源氏物語玉《たま》の小櫛《おぐし》』のなかで、「すべて人の心といふものは、……深く思ひしめる事にあたりては、とやかくやと、くだくだしくめゝしく、みだれあひて、さだまりがたく、さまざまのくまおほかる物なるを、此物語には、さるくだくだしきくまぐままで、のこるかたなく、いともくはしく、こまかに書きあらはしたること、くもりなき鏡にうつして、むかひたらむがごとくにて」と、この物語の魅力をずばりと言い当てている。要するに、人が生きていくなかで、さまざまに揺れる心のありようを、ありのまま活き活きと描き取った恐ろしいまでの細かな観察、またその構想力と筆力の天才に驚かされるのである。

『源氏物語』を読むと、上質なドラマを見るように、ありありとその場面が心のスクリーンに浮かんでくる。面白くて、読んでも読んでも読み飽きるということがない。この至高の文学を、ぜひ若い人たちにも知ってもらいたいという一心で、私は『(改訂新修)謹訳源氏物語』(祥伝社文庫(全十巻))を書いた。この本を読んで興味を持った方は、ぜひ全巻を読破してほしい。そうして、できるなら紫式部の書いた『源氏物語』の原文にもいつか挑戦してほしいのである。

林　望

目次

第二章　危険な恋のはじまり

第三章　溺れる恋の報い

第四章　運命のいたずら

第五章　夢のお告げに導かれ

第一章

男たちの女性談義

その品々や、いかに。いづれを三つの品に置きてか分くべき。元の品高く生まれながら、身は沈み、位みじかくて人げなき（二帖　帚木《ははきぎ》）

光源氏《ひかるげんじ》

女は上中下の三階級だけなのか

左馬頭《さまのかみ》

妻にするなら こんな女

いと口惜しくねぢけがましきおぼえだになくは、ただひとへにものまめやかに、静かなる心のおもむきならむよるべをぞ

（二帖　帚木《ははきぎ》）

宿直《とのい》の夜の女性談義に参加した左馬頭。意外性にときめく男心などを長々と語りますが、夫を助けて家を取り仕切る正妻となると、話は別のようです。「取るに足らない愚か者であるとか、あるいは性格的にひどくひねくれているとか、そういう決定的な欠点がない」なら、家柄や容貌、嗜《たしな》みや能力が少々足りなくても、まぁよし。何より真面目で落ち着いて浮気せず、やき

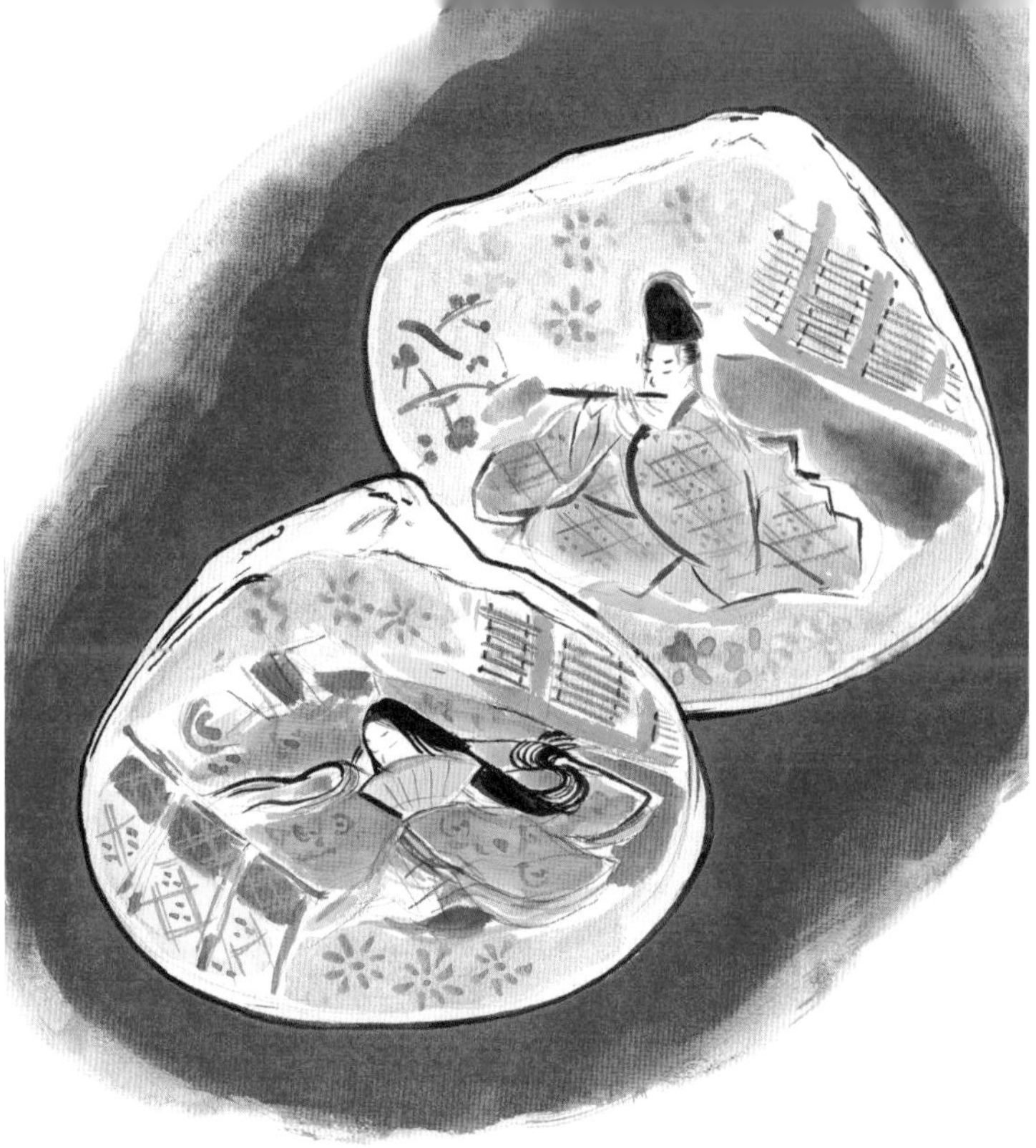

もち焼きでない女性ならいい、という結論に至ります。
身勝手かつロマンに欠ける結論で、妻に選ばれても心境は複雑ですね。とはいえ、恋多き平安時代の男たちも、妻に対する感覚は現代とそう変わらないようです。この後も長々と続く左馬頭の大弁舌には、この先光源氏が経験する数々の恋のヒントや伏線が散りばめられています。

左馬頭《さまのかみ》

出家してみせる妻

人の心を見知らぬやうに逃げ隠れて、人をまどはし、心を見むとするほどに、長き世のもの思ひになる（二帖　帚木《ははきぎ》）

今夜の「品定め博士」、左馬頭。お次は、夫の浮気に耐えかねた妻が出家して尼になるという、涙をさそうシチュエーションに対しての、ダメ出しです。

あんなのは軽はずみでわざとらしい。浮気したって妻に対してまだまだ深い愛情を持っているのに、「その心を分かろうともせず逃げ隠れ、気を揉ませて、夫の心を試しみている」から、「しまいには一生の物思いをしなくてはならぬような破目になる」といいます。一生の物思いとは、出家当初はスッキリしても、嫌いで別れたわけじゃなし。訪ねてくる人から夫が悲しむ様子を聞くにつけ、ああ私早まったんだわと、後悔して泣き暮らすことになる、ということ。事を荒立てず、恨みごとはほのめかす程度に。浮気心は妻の扱い次第……だそうですよ。

左馬頭《さまのかみ》

やきもち焼きの女

もの怨じをいたくしはべりしかば、心づきなく、いとかからで、おいらかならましかばと思ひつつ、あまりいと許しなく疑ひはべりしし

（二帖　帚木《ははきぎ》）

左馬頭には以前、とりたてて美人ではないけれど、一生懸命尽くしてくれた女性がいました。でも、やきもち焼きなのが嫌で「こんなふうに感情的にならないで、おっとりしていてくれたらなあ」と思うけれど、嫉妬心のかたまりになって疑い、責め立てます。

ある日わざと辛くあたって、やきもちを後悔させてやろうとしますが喧嘩になり、しばらく会わない日々が続き

ます。でも、やはり気の置けない彼女がいいと再認識し、復縁します。ところが、浮気をしない約束がもらえないことを思い悩み、女性は死んでしまいます。

いなくなると、彼女のいいところがいくつも思い出され、左馬頭は、かわいそうなことをしたと思っている様子。

なるほど、だから左馬頭は妻探しの旅(?)を続けているというわけなのですね。

左馬頭《さまのかみ》

色っぽくて仇《あだ》めいた女

さる所にて忘れぬよすがと思ひたまへむには、頼もしげなくさし過ぐいたりと心おかれて（二帖　帚木《ははきぎ》）

左馬頭が二股をかけていたのは、「やきもち焼きの女」と真逆のタイプ。嗜《たしな》みがあり、歌も字も琴も達者。おまけに美形で色っぽい。二股のころは燃えましたが、一方が他界して頻繁に逢うようになると、色好みで抜け目ない様子が、どうも派手すぎて気に入りません。ある日、知り合いとこの女性が楽を合わせ、歌を詠み、花を手折って風流めいた恋のやり取りをする現場を見て、ゲンナリ。軽口の相手なら気が利いて色好みなのは面白いけど、「生涯忘れずに付き合おうと思う相手としては」、「頼りがいもなく色めき過ぎた女は、どうも信用ならず、嫌になる」とか。

色っぽくて仇めいた女に惹かれるのは若気の至り。重々お気を付けて！　と、左馬頭は、源氏と頭中将《とうのちゅうじょう》に忠告しますが……さあて、しっかり胸に響いたでしょうか？

頭中将《とうのちゅうじょう》

愚かな女

心やすくて、またとだえ置きはべりしほどに、跡もなくこそかき消ちて失せにしか

（二帖　帚木《ははきぎ》）

つづいて語るは頭中将です。その女性は、おっとり穏やかな性格。逢瀬《おうせ》が途絶えがちでも恨みごとは言わず、でも自分を頼る様子がいじらしく、娘までもうけた仲でした。

ある日、女性は物思いに沈んでこっそり泣いている様子。実は正妻サイドからおどしを受けていたのですが、何も知らない中将は、詮索もせず気楽にかまえ、「ずいぶん行かずに放っておいたとこ

ろ、いつの間にか跡形もなく「失踪」していました。娘のことも気がかりですが、消息は不明とのこと。
　中将は、もっと感情をおもてに出してくれたらよかった。「出家してみせる女」の一例かと思い「愚かな女」として話したといいます。感情的になってもならなくても、うまくいかないようですが……。さてこの女性、後に源氏とも浅からぬ縁を結びます。

藤式部丞《とうしきぶのじょう》

ニンニク臭い女

しばしやすらふべきに、はたはべらねば、げにそのにほひさへ、はなやかにたち添へるも術なくて、逃げ目をつかひて（二帖　帚木《ははきぎ》）

藤式部丞の昔の恋人・博士の娘の話です。手紙は漢文、睦言《むつごと》さえ教養話という博識な彼女。久々のある日、よそよそしいのですねているかと思いきや、風病《ふびょう》（風邪）のため極熱《ごくねち》の草薬《そうやく》（大蒜《にんにく》）を飲みました。臭うので対面は遠慮します、とのこと。帰る背に「この香、失せたる時に、どうぞまたお立ち寄りくださいまし」と、朗々たる声で言ってくるから無視するのは気の毒だけど、「戻ってゆっくりする場合でもなし、なるほどその悪臭はプンプンしてるしで、どうしようもなくて、すっかり逃げ腰になり」、昼《ひる》と蒜を掛けた歌なぞパパッと詠み合って退散。いまやニンニク臭い女性も珍しくありませんが、一同「どこの世界にそんな女が」と爆笑です。

藤式部とも呼ばれた紫式部、自身の姿をコミカルににおわせたのでしょうか。

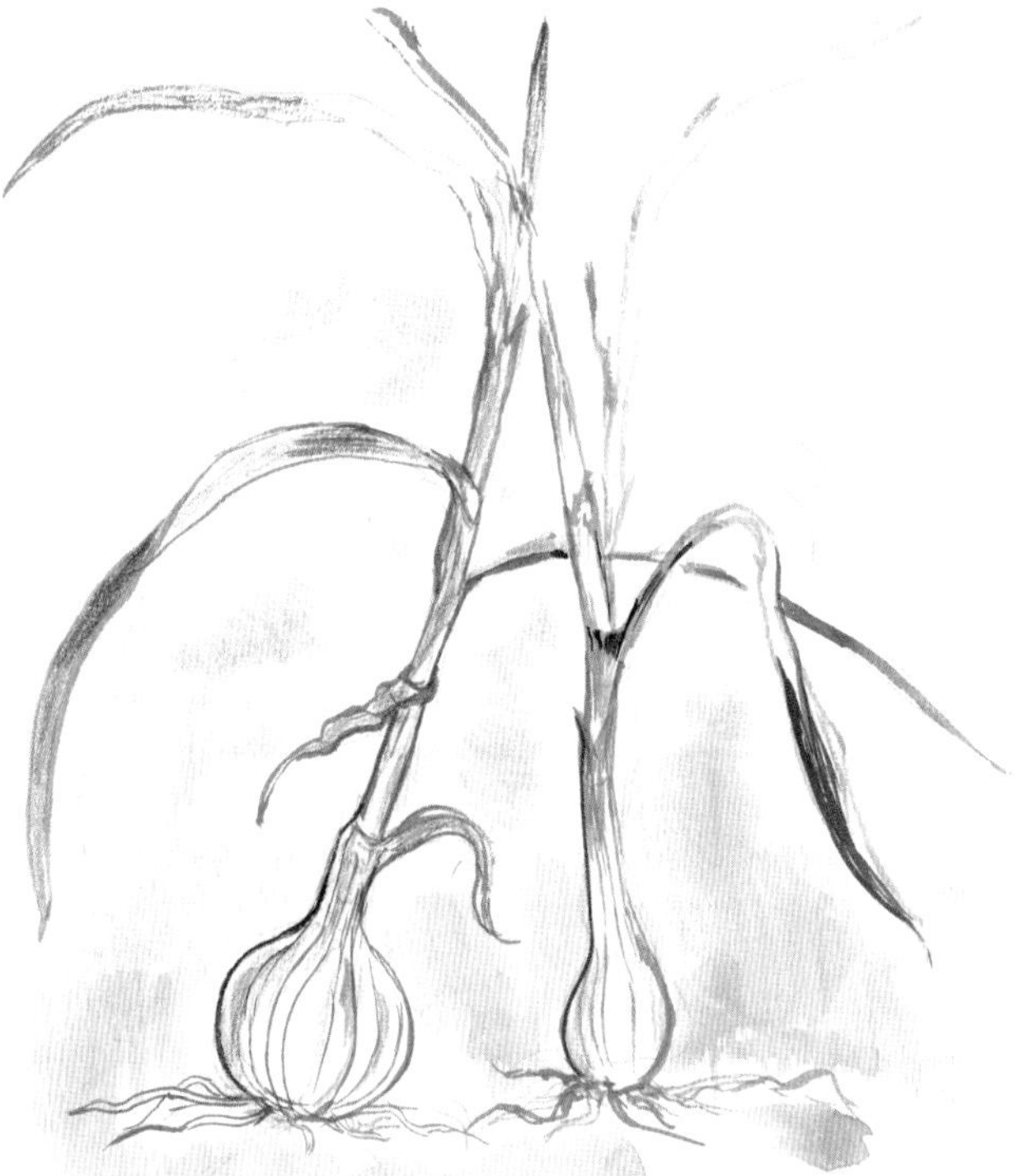

左馬頭《さまのかみ》

迷惑が分からない女

急ぎ参る朝、何のあやめも思ひしづめられぬに、……（中略）……推し量らず詠み出でたる、なかなか心後れて見ゆ

（二帖　帚木《ははきぎ》）

女が、手紙に漢字を半分以上も書くのは感じが悪い。と、現代なら共感は得られない主張で再登場の、左馬頭。

さらに、和歌が得意なのを鼻にかけ、何かにつけて歌を詠み、ちょっと古詩など引用するのもうっとうしい。すぐに返歌が思いつかない者には迷惑だ。また、行事がある「忙しい朝などには、ろくろく歌など案じている暇はないというのに」、「いっさいお構い

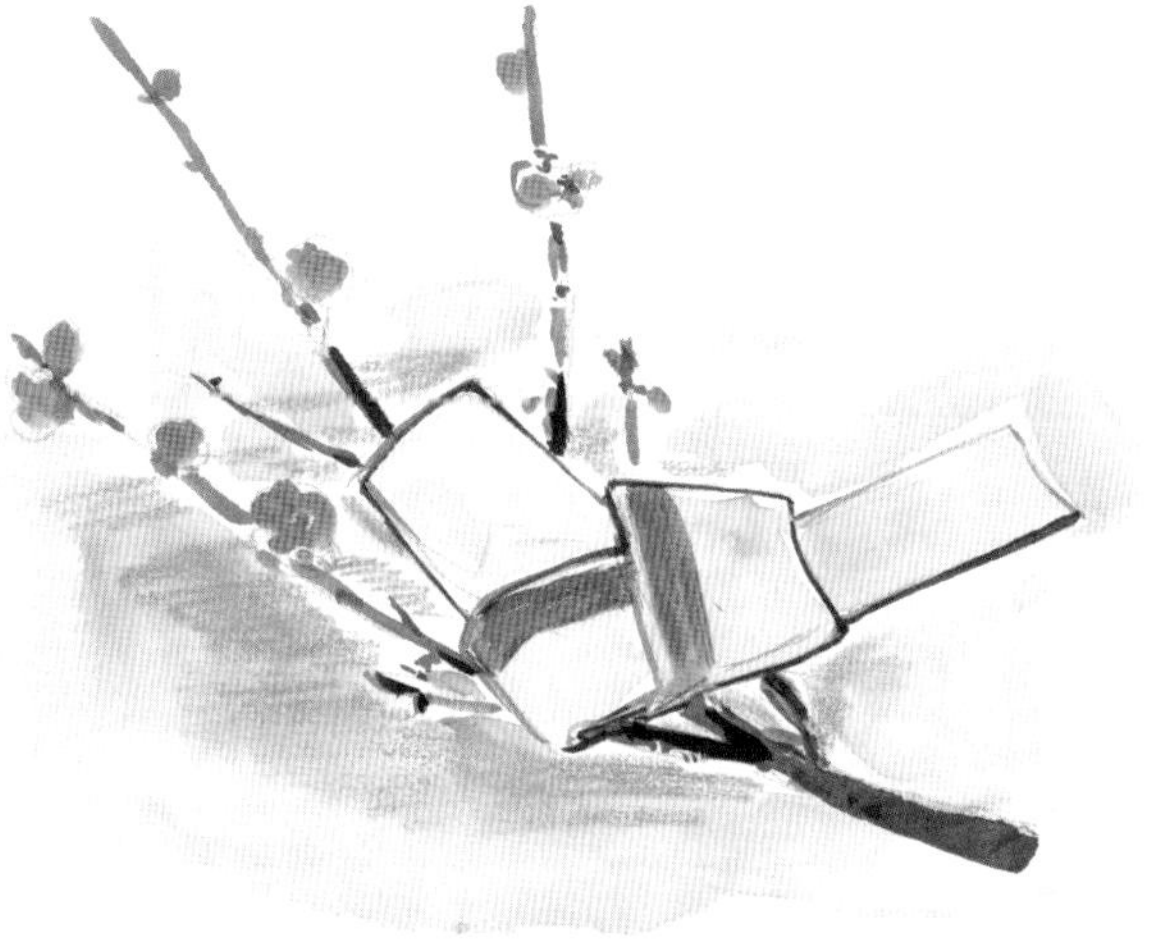

なく詠んでよこされると、どうも無神経な奴だと感じられる」などと断じます。
相手のことなどお構いなしに、デキる自分に酔うのは困りもの。また、平安貴族はみんなスマートに和歌を詠むのかと思いきや、サッとは詠めない人もいて、凝りすぎると逆に〝引かれる〟こともあったとは。これには時代も男女も関係なく共感できますね。

『源氏物語』コラム①

千年前の平安貴族の恋物語

『源氏物語』は一条天皇の中宮《ちゅうぐう》（夫人）・彰子《しょうし》に仕える紫式部《むらさきしきぶ》によって生み出され、一〇一〇年頃には完成していたと伝えられています。

紫式部という名は本名でありません。父である藤原為時《ふじわらのためとき》が式部丞《しきぶのじょう》の身分だったことから「藤式部《とうしきぶ》」と呼ばれ、死後に『源氏物語』に登場する紫上《むらさきのうえ》にちなみ紫式部と呼ばれるようになりました。

五十四帖で構成される壮大なストーリーは、物語の内容によって全体が三部に分かれます。第一部と第二部は光源氏、「匂宮《におうのみや》三帖」と呼ばれる過渡的部分を経て第三部は光源氏の死後、その子孫である薫《かおる》と匂宮《におうのみや》を中心に展開します。光源氏の父・桐壺帝《きりつぼてい》から、実に四代に渡る平安貴族の恋愛を軸にした人間ドラマが繰り広げられるのです。

光源氏は様々な女性と逢瀬《おうせ》を楽しみますが、継母への恋慕《れんぼ》と過ち、正妻との不仲、逢引《あいびき》中の不幸、愛人の嫉妬と別れを経験し、栄華を極め、父親を裏切った報《むく》いから、次第に苦悩に見舞われていきます。

第二章
危険な恋のはじまり

藤壺《ふじつぼ》

胸を焦がす理想的な人

これは足らず、またさし過ぎたることなく、ものしたまひけるかな
（二帖　帚木《ははきぎ》）

雨降る宿直《とのい》の夜、女性論を語る男たち。今夜の博士・左馬頭《さまのかみ》は、時も場合も無視して教養をひけらかす女性について語り、知っていても知らないふりをして、言いたいことも一つ二つは言わずにおいた方がいい、と結びます。

源氏はこれを聞きながら、父・桐壺帝《きりつぼてい》の妻である藤壺の宮のことばかり考えています。藤壺は、源氏にとっての理想の女性。左馬頭が語る女

性像やこの結びを聞くとなおさら、「足りないこともなく、また出過ぎたところもない、理想的なお人柄」だと、その素晴らしさに改めて気付き、密かに胸を焦がしています。

この時すでに源氏と藤壺は、一度密会しています。（ただしその場面は書かれていません。）母に似ているという人へのほのかな思いではなく、体を重ねた恋人への、男としての熱い思いなのです。

藤壺《ふじつぼ》

一夜っきりにしたかったのに

あさましかりしを思し出づるだに、世とともの御もの思ひなるを、
さてだにやみなむと深う思したるに（五帖　若紫《わかむらさき》）

藤壺の宮にどうしても逢いたい源氏は、彼女が実家に戻っている機会を逃しません。女房の王命婦《おうみょうぶ》にしつこく手引きをせがみ、無理やり逢瀬を遂げてしまいます。

藤壺は、いつぞやの一度目の夜の「思いもかけなかった過ちを思い出すだけでも」絶えず悩みもだえているのに、「せめてはあの一夜っきりで終わりにしようと固く決心していたにもかかわらず」また罪を重ねてしまったことが、ひたすら辛くて悲しくて、どうにもなりません。それでも、歌を詠んで泣き崩れる源氏の様子がかわいそうで放置できず、いっそ死んでしまいたいほどの苦しい思いを、切々と歌に詠んで返します。罪の重さにおののきながらも、美しく成長し、激しい恋情をまっすぐぶつけてくる源氏を、完全には拒絶できない藤壺の思いが伝わってきます。

藤壺《ふじつぼ》

懐妊に苦悩はますます募る

御使などの隙なきも、そら恐ろしう、ものを思すこと、隙なし
（五帖　若紫《わかむらさき》）

源氏との二度目の密会の後、藤壺は毎日後悔し続け、「なんという情けない我が身であろう」と、嘆きを募らせます。気分の悪さが増すにつれ、これは普通ではない、もしやあの逢瀬で……と、たまらない不安が加わります。そして密会から3か月後、源氏の子の懐妊を確信し、我が身の因縁の深さにさらに苦悩します。密会の手引きをした王命婦《おうみょうぶ》などは、この懐妊は〈光君の……?〉と思うものの、口に出せるはずもなく、帝に懐妊を報告します。帝は喜んで、しきりに宮中から使いがやって来ますが、藤壺はそのたび「良心の呵責《かしゃく》にさいなまれて、恐れ苦しみ続け」ます。後悔からの嘆き、体調悪化への不安、懐妊のショック、帝への申し訳なさと罪の重さへの恐れ。藤壺の苦悩は、日を追うごとに積み重なっていったのです。

もの思ふに立ち舞ふべくもあらぬ身の 袖うち振りし心知りきや あなかしこ（七帖　紅葉賀《もみじのが》）

藤壺《ふじつぼ》

源氏の渾身《こんしん》の舞に

空蝉《うつせみ》

柔軟で芯の強い人

人柄のたをやぎたるに、強き心をしひて加へたれば、なよ竹の心地して、さすがに折るべくもあらず

（二帖　帚木《ははきぎ》）

源氏は方違《かたたが》えのため（陰陽道の風習。凶の方角を避ける）、紀伊守《きのかみ》の邸で一夜の宿を借ります。折しも邸には紀伊守の父である伊予介《いよのすけ》の後妻が来ていました。年老いた地方官の若い妻。しかも上級貴族の出で気位が高いとの噂。興味津々の源氏は、夜更けに忍んで無理やり逢瀬を遂げます。

この女性、もともとは「人柄がやさしくて、そこに強い心を無理やりに加えたので、

あたかもなよ竹がなかなか折れないように、どうやっても手折ることは難しそう」な風情。期待を上回る魅力があったのです。

女性からすると、人妻の自分と高貴で美しい源氏との恋など、辛いに決まっています。それゆえ、必死に冷たい態度で踏ん張っているのです。それが逆に源氏の心に火をつけてしまうのですが……。

空蝉《うつせみ》

一時の気まぐれの逢瀬が悲しい

いとかう仮なる浮き寝のほどを思ひはべるにたぐひなく思うたまへ惑はるるなり

（二帖　帚木《ははきぎ》）

突然抱きかかえて自分の寝所にさらっていくという無体なやり方で、伊予介《いよのすけ》の妻との逢瀬を遂げた源氏。この出来事は、女性にとってはこの上なく辛いことでした。逢瀬の後に気の毒なほど泣くので、源氏はなぜそんなに私を嫌がるのか、これは前世からの約束だと思ってはくれないのかと、恨みごとを言います。

以前は宮仕えの話もあった、上級貴族の出である彼女。中流貴族の後妻となった今の我が身を思うと複雑な思いです。あの頃の自分だったなら、素直に胸をときめかせ、逢瀬を重ねる恋人の一人くらいにはなれたかもしれない。でも「現実には、こんな身になってからの、ほんのかりそめの逢瀬だと思いますと、ただただもう心惑いするばかり」……。涙のわけは「人妻だから」だけではないのです。

空蝉《うつせみ》

いっそ情け知らずの嫌な女に思われよう

とてもかくても、今は言ふかひなき宿世なりければ、無心に心づきなくて止みなむ

（二帖　帚木《ははきぎ》）

伊予介《いよのすけ》の妻が忘れられない源氏は、弟の小君を手なずけて手紙のやり取りをします。

再び方違《かたたが》えで邸を訪れますが、女性は仲介役の小君に、姉は具合が悪く、女房に肩や腰を揉ませているので、お目にかかれませんと伝えるように言います。

でも内心はやはり、これが実家にいたころならどんなに嬉しかったことかと、今の自分の境遇を嘆いてしまいま

す。でも、「どんなに思い乱れたとて、現実はこんな取るに足らない運命」と思いを押さえつけ、「いっそ情け知らずの嫌な女だと思われ」ることにしようと、きっぱり決心します。「なよ竹」の人は、やはり決して折れません。なんて強情な女だと源氏はガッカリしますが、いや、これだから惹かれるのだな、などと納得している様子。これはまだ、諦めそうにありませんね。

うつせみの　羽《は》に置く露の　木隠《こがく》れて　忍び忍びに
濡るる袖かな（三帖　空蝉《うつせみ》）

空蟬《うつせみ》

惹かれながらも心に秘める

空蝉《うつせみ》

癪《しゃく》に障《さわ》るけど、忘れられない女

あはれと思《おぼ》しぬべき人のけはひなれば、つれなくねたきものの、忘れがたきに思す
（四帖　夕顔《ゆうがお》）

わざわざ逢いにいったのに、伊予介《いよのすけ》の妻と話をすることすらできなかった源氏は、ある日ついに邸に忍んで行って閨《ねや》に侵入します。ところが女性はすんでのところで逃げてしまい、遊びに来ていた伊予介の娘と情けを交わすことに。逃げる時に残された衣を蝉の抜け殻に例え、ここから女性は作中で「空蝉」と呼ばれます。閨まで行ったのにまたも逃げられ、引っ込みがつかず別の女性と契ってしまった源氏は、気持ちがおさまりません。空蝉も本心では源氏に恋していて、一度きりの逢瀬が忘れられずにいます。でももう逢わない、でも忘れられるのは嫌……。そんな心が見え隠れする彼女の手紙は心に響き、源氏は空蝉を恋しく思わずにはいられません。「冷淡で強情で癪に障るけれど、でも忘れられない」女性なのです。

弘徽殿女御《こきでんのにょうご》

愛人の子に息子の出世が阻《はば》まれる不安

「坊にも、ようせずは、この御子の居たまふべきなめり」と、一の皇子の女御は思し疑へり

（一帖　桐壺《きりつぼ》）

光源氏の父は桐壺帝《きりつぼてい》、母は桐壺の更衣《こうい》です。更衣の父は大納言でしたが故人で、後ろだてがありませんでした。しかし帝は周囲が眉をひそめるほど更衣を寵愛し、この世ならぬ美しさの男皇子が誕生します。帝は溺愛し、更衣の扱われ方も丁重になります。

心穏やかでいられないのは、更衣より上位の女御として最も早く入内《じゅだい》した弘徽殿女御です。現右大臣の娘で、すでに

御子も何人かいます。東宮（皇太子）になるのは彼女の息子の一の君だと、誰もが思っていました。更衣への執心はまだしも、素晴らしい男皇子が生まれ、母子ともに大切にされているとなると、「万一にもこの二の君が自分の息子を差し置いて立太子《りったいし》するというようなことがあるかもしれない」と、心がざわつくのは当然のことでしょう。

弘徽殿女御《こきでんのにょうご》

死んでなお夫を虜にする愛人が許せない

「亡きあとまで、人の胸あくまじかりける人の御おぼえかな」とぞ、弘徽殿などにはなほ許しなうのたまひける（一帖　桐壺《きりつぼ》）

二の君（光源氏）が3歳になった頃、桐壺の更衣《こうい》の病が重くなります。帝が離さないため実家で養生もできず、容体は悪化。ようやく退出したその夜中、更衣は他界します。帝はいつまでも日夜涙にくれ、他の妃を呼ぶこともありません。弘徽殿女御は、そんな帝の様子を聞くにつけ嬉しいはずがありません。「まったく、死んでの後まで、人の胸を鬱陶《うっとう》しくさせるあの女へのご執心ぶりだこと」と、帝の心をとらえ続ける更衣のことがやはり許せず、悪口は止まりません。

昔も今も、夫を飛び越えて愛人を恨むのが、理性では抑えきれない人の心というもの。でも中には、更衣は悪くない。理不尽なご寵愛ゆえに憎まれたのよ、と言う妃も。周囲への気遣いなしに更衣を溺愛した帝を、チクリと批判しています。

弘徽殿女御《こきでんのにょうご》

気が強く険のある人柄

いとおし立ちかどかどしきところものしたまふ御方にて、ことにもあらず思し消ちてもてなしたまふなるべし（一帖　桐壺《きりつぼ》）

季節が夏から秋に移っても、帝はまだ悲しみの中です。秋風の肌寒さにまた更《こう》衣《い》を思い、靫負《ゆげい》の命婦《みょうぶ》に更衣の実家を訪ねさせます。夜中に戻った命婦から話を聞き、手紙や形見の品を見ては、更衣の人懐こくかわいらしい姿を思い出していはす。そんな、秋風の音も虫の音も悲しく感じられる月の美しい夜ですが、弘徽殿女御の殿舎《でんしゃ》からは管弦の宴の音が聞こえてきて、帝は、興ざめだと不快に思います。

「気が強く険のある人柄」の、弘徽殿女御。宴《うたげ》は、憎き女への未練を断てず、寝所にも呼んでくれない帝への当てつけか……。「おそらくは、たかが更衣ふぜいの死んだことなど物の数ではないというように黙殺して、こんな仕打ちを」しているのです。帝と女御の間にもヒューと肌寒い風が吹く、寂しい秋です。

『源氏物語』コラム② 平安時代の女性たちの身分制度

区分	身分	解説	源氏物語の登場人物
帝の妻	中宮《ちゅうぐう》	皇后《こうごう》（正妻）と同資格の妃の称。女御の中から選ばれる。	藤壺《ふじつぼ》中宮、明石《あかし》中宮など
	女御《にょうご》	中宮の次位。皇族や大臣の娘がなる。女御から皇后（中宮）を選出するようになった。三位以上。	藤壺女御（桐壺帝に入内・後に中宮）など
	更衣《こうい》	女御の次位。帝の衣を替えると同時に寝所《しんじょ》に仕える。大納言《だいなごん》家以下の娘。四〜五位。	桐壺更衣（桐壺帝に入内）
女官（女房）	内侍《ないしのかみ》	内侍司（後宮の役所）の長官。摂関《せっかん》家の娘などがなった。従五位から従三位に格上げ	朧月夜《おぼろづきよ》（朱雀帝《すざくてい》のもとに出仕）、玉鬘《たまかずら》（冷泉帝《れいぜいてい》のもとに出仕）
	典侍《ないしのすけ》	内侍司の次官。従七位から従五位に格上げ	源典侍《げんのないしのすけ》、藤典侍《とうのないしのすけ》
	掌侍《ないしのじょう》	内侍司の三等官	
	その他	後宮に仕える者から一般貴族に仕える者まで幅が広い	王命婦《おうみょうぶ》（藤壺に仕える）、中務《なかつかさ》の君（紫上に仕える）など多数
斎王《さいおう》	斎宮《さいぐう》	伊勢神宮に奉仕する皇女。天皇の即位ごとに未婚の内親王、または王女から選出	六条御息所《ろくじょうのみやすどころ》の娘（後に冷泉帝に入内）
	斎院《さいいん》	賀茂神社に奉仕する未婚の内親王、または女王	朝顔の姫君

第三章

溺れる恋の報い

夕顔《ゆうがお》

気品をもって積極的に誘う

心あてに　それかとぞ見る　白露《しらつゆ》の　光そへたる　夕顔の花
（四帖　夕顔）

五条あたりの乳母《めのと》の家を訪ねたある日の源氏。若い女たちの気配がする、隣の粗末な家の板塀には、夕顔という白い花が咲いています。随身《ずいじん》がその花を手折ると、出て来た女童《めのわらわ》が、その花を乗せて君にと扇を差し出します。心惹かれる移り香、見事な筆跡で書かれた歌。「当て推量で、もしやそうではないかと思います。白露が光を添えた、……その光る君のご来臨《らいりん》を得た夕顔の花でございますもの」。チラリと見えた源氏の横顔の美しさに、この家の女（夕顔）がもしや光る君でしょうかと詠《よ》みかけてきたのです。源氏は、これは意外に面白いと返歌し、女性の素性を調べさせます。

偶然見かけて突然歌を詠みかけるとはかなりの積極性ですが、それが嫌らしくなく、気品もあります。源氏は夕顔の女に興味津々。溺れる恋の始まりです。

夕顔《ゆうがお》

従順なかわいい人

世になく、かたはなることなりとも、ひたぶるに従ふ心は、いとあはれげなる人
（四帖　夕顔）

乳兄弟の惟光《これみつ》による調査と手引きで、源氏は夕顔の家の女と逢瀬を遂げます。そう高い身分の女でもなかろうに、なぜこんなに惹かれるのかと自問自答するほど、逢いたくて我慢ができず、胸が苦しくなるほどの入れ込みようです。覆面などで身元を隠しているにも関わらず、夕顔は源氏に何の隔てもなく懐いて、柔和でおっとりとあどけなく、かといって男女のことには無知ではありません。源氏は、「この人は、どんなに偏頗《へんぱ》なことであっても、ただただこちらの言うことに従おうとする、その素直な心は、ほんとうにかわいい奴だ」と思っています。

葵上《あおいのうえ》や六条御息所《ろくじょうのみやすどころ》など、周りの女性は源氏にすっかり身を委ねてはくれません。源氏は、心から打ち解け、熱情を受け入れてくれる夕顔に溺れていきます。

夕顔《ゆうがお》

たいそうかわいらしくきゃしゃな人

いとらうたげにあえかなる心地して、そこと取り立ててすぐれたることもなけれど、細やかにたをたをとして、ものうち言ひたるけはひ、「あな、心苦し」

（四帖　夕顔）

夕顔の家の夜明けごろは、民の大声や臼引きの音などが騒がしく聞こえてきます。夕顔はそれでもおっとりと、気に病む様子もありません。質素な装いでくつろぐ夕顔は、「たいそうかわいらしい、また弱々しい」きゃしゃな様子。特に優れた容姿でもありませんが、「ただ、ほっそりとたおやかで、また物を言う様子などもも、ああ、いじらしいなぁ、ただただかわいらしいなぁ」

と見つめています。
もっと気兼ねなく過ごそうと近くの古い邸に誘いますが、夕顔はひとまず拒みます。しかし、源氏が来世までも一緒にと熱心に口説くと、氷が溶けるように寄りかかります。そのうぶな様子がたまらず、外聞を気にする余裕もなくなって早速「なにがしの院」に夕顔を連れて行きます。そこで、恐ろしいことが……。

夕顔《ゆうがお》

汗びっしょりになって正気を失う

この女君、いみじくわななきまどひて、いかさまにせむと思へり
汗もしとどになりて、我かの気色《けしき》なり（四帖　夕顔）

夕顔を連れ込んだ邸は気味の悪い荒れ様でしたが、覆面を取った源氏は、夕顔と睦《むつ》まじく過ごします。うたた寝の源氏の夢の中、枕の上に女が座って恨めしいと嘆き、横で眠る夕顔をつかみ起こそうとします。目覚めると灯は消え、あたりは漆黒の闇。「夕顔は、ひどくふるえわななき、怯《おび》えて、どうにもこうにも前後を弁《わきま》えぬ様子となり、汗びっしょりになって、正気を失っている」様子です。随身たちを起こして指示を出す源氏ですが、部屋に戻ると夕顔が息をしていません。灯を照らすと、枕のほとりに夢で見た女が浮かんで消え、夕顔の身体は冷たくなっていきました。

一人奮闘する源氏は頼もしいのですが、溺れる恋の報いは辛いものでした。そして亡くなったこの夕顔こそ、頭中将が「愚かな女」として語った昔の恋人でした。

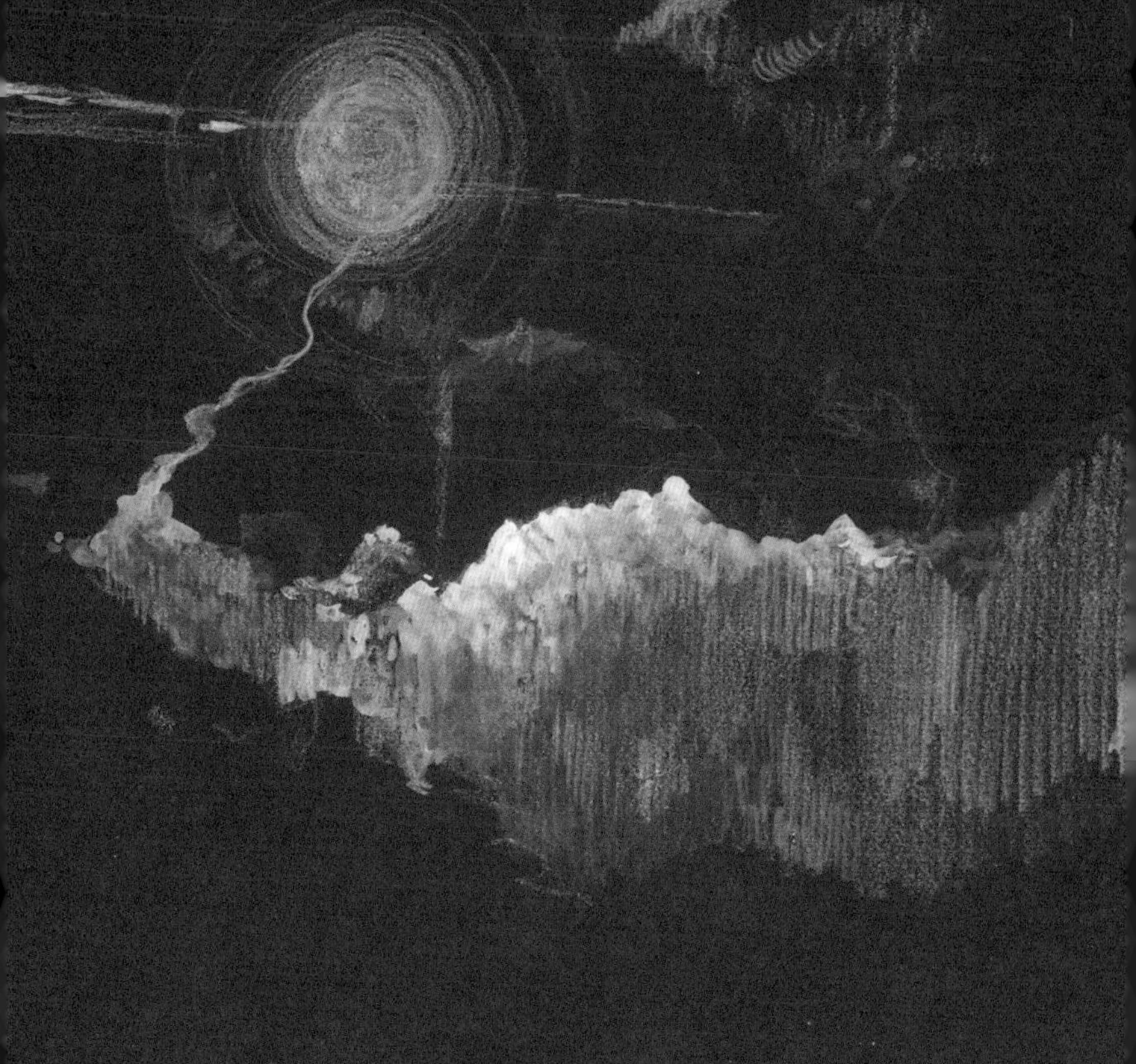

山の端《は》の　心も知らで　ゆく月は　うはの空にて
影や絶えなん（四帖　夕顔）

夕顔《ゆうがお》

このままどこかに消えてしまうかもしれない

六条御息所《ろくじょうのみやすどころ》

度を越して思い詰める性格

「あまり心深く、見る人も苦しき御ありさまを、すこし取り捨てばや」と、思ひ比べられたまひける

（四帖　夕顔《ゆうがお》）

17歳の光源氏、夏から秋の恋の相手は、なよ竹の人妻・空蝉《うつせみ》、かわいく魅惑的な夕顔、そして、誇り高き年上の人・六条御息所。源氏が最も気を張って通った恋人です。元大臣の娘で、前の東宮妃《とうぐうひ》。格別な気品と教養、心憎いほど優雅な邸。源氏が猛アタックした古い恋人ですが、この頃はちょっと窮屈に感じて、足が遠のきがちです。源氏は、かわいらしく自分に身を委ねる

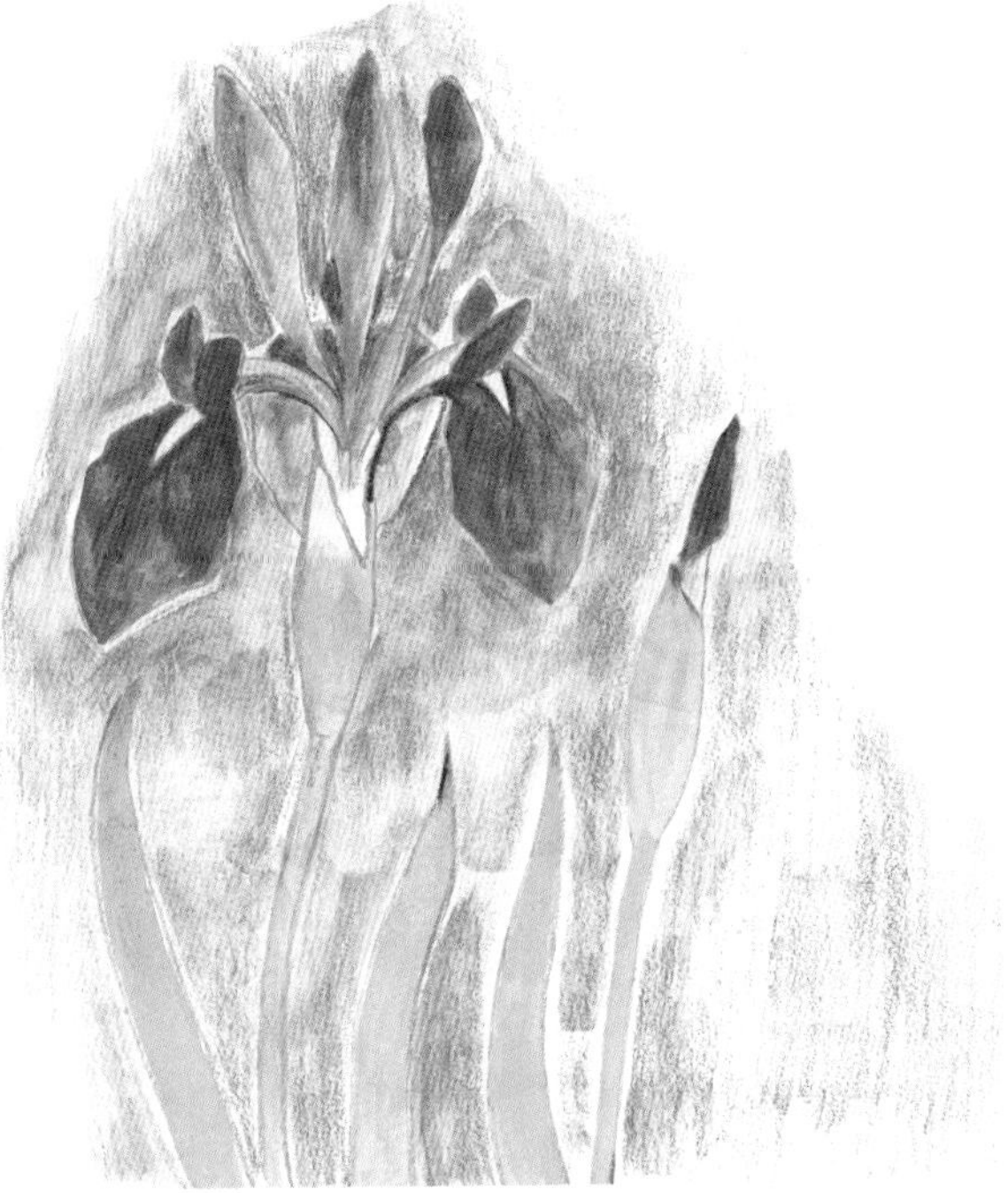

夕顔と比べて、「六条のお方のお人柄から、少しだけ、思慮深すぎて重苦しいところをなくしてもらいたいものだ」などと思ってしまいます。
　でも、常に貴婦人然とした御息所も、実は源氏にどんどんのめり込んでいます。思い詰めるタイプの彼女は、七歳も若い光君との不釣り合いな関係と、その心離れに悩み、眠れぬ夜を過ごしています。

六条御息所《ろくじょうのみやすどころ》

自尊心が傷つき、心のやりどころもない

心やましきをばさるものにて、かかるやつれをそれと知られぬるが、
いみじうねたきこと、限りなし（九帖　葵《あおい》）

六条御息所は、賀茂祭《かもまつり》前の禊《みそぎ》に参列する源氏の姿を見物しに、お忍びで出かけていました。そこへ源氏の正妻・葵上《あおいのうえ》一行があとから来て、若い従者が場所取りの車《くるま》争《あらそ》いを起こします。身元が知られ、悪しざまに言われて牛車も壊された挙句、後方に追いやられます。御息所は、「悔しいこともさることながら、こうやって姿を窶《やつ》して質素な出で立ちでやって来たのを、自分だと知られてしまったのも癪《しゃく》に障《さわ》って」、いったい何でこんなところにきたのかと歯噛みするほど悔しく、どうにもなりません。

以来、御息所は葵上を恨むことになりますが、その恨みのもとは嫉妬ではなく、格上の自分が大衆の面前で恥辱《ちじょく》を与えられたこと。誇り高き貴婦人である御息所にとって、自尊心を傷付けられることは、何よりも辛かったのです。

おし消たれたるありさま、こよなう思《おぼ》さる
（九帖　葵《あおい》）

六条御息所《ろくじょうのみやすどころ》

屈辱のうちに行列の源氏を見る

六条御《ろくじょうのみや》息所《すどころ》

悩みが深く、魂が抜け出していく

すこしうちまどろみたまふ夢には、かの姫君とおぼしき人の、いときよらにてある所に行きて、とかく引きまさぐり（九帖　葵《あおい》）

六条御息所は、近ごろ葵上に取り憑《つ》いている物の怪が、自分なのではと噂されていることを聞き及びます。そういえば、「少しまどろんだ夢に、あの葵上とおぼしい人がたいそう麗しい様子で臥せっているところに行って、引き倒したり掻《か》きむしったりし」、自分とは思えないように荒ぶる心がたぎって、ぶったり叩いたりする夢を、何度も見ています。ここ数年は源氏の心離れなどで苦しかったものの、取り乱すことはありませんでした。ところが車争いの日以来、一途な苦しみで理性を失った魂を鎮められず、身体から抜け出したのか……と愕然《がくぜん》とし、自分を嫌悪します。

源氏の前に現れる生霊、祈祷の芥子《ケシ》の匂いが髪や衣から消えず、錯乱が加速する御息所。オカルト的な手法が、精神の均衡を崩した女性を生々しく描き出します。

六条御息所《ろくじょうのみやすどころ》

未練を断ち切ったのに、逢えば心が揺れる

やうやう、「今は」と、思ひ離れたまへるに、「さればよ」と、なかなか心動きて、思し乱る（十帖　賢木《さかき》）

葵上の死後、世間では源氏の次の正妻は六条御息所だろうという噂が立っています。しかし、生霊になった御息所に幻滅した源氏は、ぱたりと通って来ません。そんな自分に苦悩する御息所は、伊勢の斎宮《さいぐう》になる娘に付き添い、都を離れる決心をします。ところが野宮で潔斎《けっさい》中のある夜、禁を犯して源氏が訪れ、一晩かけていつのまにか忍び込んで無理に逢瀬を遂げます。「もうすっかり思い切ったつもりだったのに、やはり逢えばこんなことだった」と、御息所はまた苦悩します。朝になり、源氏は名残惜しく思いながらも、露が煌《きら》めく野宮の道を去っていきます。

禁を犯しての忍び逢いは、あってはならぬこと。御息所は恋心を押し殺して、伊勢に行くことで源氏とはきっぱり別れ、娘の斎宮に寄り添おうと決意を固めます。

六条御息所《ろくじょうのみやすどころ》

娘だけは憂き目を見ることがないように

うたてある思ひやりごとなれど、かけてさやうの世づいたる筋に思し寄るな憂き身を抓《つ》みはべるにも、女は、思ひの外にてもの思ひを添ふるもの

（十四帖　澪標《みおつくし》）

六条御息所と娘が伊勢から帰京します。源氏とは手紙だけの間柄でしたが、御息所が病を得て出家すると、源氏が見舞いにきます。娘の後見《うしろみ》を頼まれた源氏は、色好みの心が発動して快諾します。

そこで御息所は、「嫌らしい気の回しようかもしれませんけれど、どうか決して、あの子のことを、そのような色好みめいた筋にお思いくださいますな」。「憂きことばかりの

日々を思い出してみましても、女というものは、どんなに自分が平静でいようと思い、誰の恨みも受けまいと思ってみても、男のかた次第で、結局辛い思いをしなくてはならなくなる」と、息も絶え絶えながら、はっきりと源氏の下心に釘をさします。

この遺言はかろうじて守られますが、死後も御息所は怨霊となって現れます。

『源氏物語』コラム③ 平安時代の身分制度と光源氏の出世

平安時代は帝以下の役人を三十位階に分け、従五位《じゅごい》以上は「貴族」で殿上人《てんじょうびと》と呼ばれました。従六位以下は下級官人となり、役人は階位によって相当する官職に任命されました。

				神祇官《じんぎかん》	太政官《だじょうかん》	中務省《なかつかさしょう》	他の7省	衛府《えふ》	大宰府《だざいふ》	国司《こくし》
貴族（上級官人）	貴《き》	正一位 従一位			太政大臣 （太政大臣：33歳） （従一位：32歳）					
		正二位 従二位			左大臣 右大臣 （内大臣：29歳）					
		正三位			大納言 （権大納言：28歳）					
		従三位			中納言			大将 （近衛大将：22歳）	帥	
	通貴《つうき》	正《しょう》四位	上			卿				
			下		参議		卿			
		従《じゅ》四位	上		左右大弁					
			下	伯				中将 （宰相中将：19歳） （三位中将：18歳） （近衛中将：17歳）		
		正五位	上		左右中弁	大輔《たいふ》		衛門督《えもんのかみ》	大弐《だいに》	
			下		左右小弁		大輔 大判事	少将		
		従五位	上			少輔		兵衛督		大国守
			下	大副	少納言	侍従	少輔	衛門佐	少弐	上国守

登場人物出世遍歴　※（　）内は年齢

光源氏…近衛中将（17）→ 三位中将（18）→宰相中将（19）→近衛大将（22）→無位・無官で退隠（26）→権大納言《ごんだいなごん》*（28）→内大臣（29）→従一位（32）→太政大臣（33）→准太上天皇《じゅんだいじょうてんのう》**（39）

*権官《ごんかん》は正規の定員数を超えて任命される官人。

**准太上天皇は、譲位した天皇と同等の位

頭中将…蔵人少将→頭中将→正四位下→三位中将→宰相中将→権中納言→大納言兼右大将→内大臣→太政大臣→致仕

柏木…右中将兼蔵人頭（20～21）→右衛門督（23～24）→右衛門督兼宰相（25～26）→権大納言（32～33）

第四章
運命のいたずら

葵上《あおいのうえ》

端然と整っていて乱れのない美しい人

あまりうるはしき御ありさまの、とけがたくはづかしげに思ひしづまりたまへるを

（二帖　帚木《ははきぎ》）

左大臣の娘として、また、后《きさき》がね（皇后候補）として、大切に育てられた葵上は、桐壺《きりつぼ》帝《てい》の東宮妃《とうぐうひ》にと望まれていたほどでしたが、左大臣のたっての希望で、源氏の北の方となります。

雨の日の宿直《とのい》の翌日、左大臣邸を訪れた源氏は、端然として気品高く、どこにも乱雑なところのない美しい葵上の姿に、この人こそが、左馬頭《さまのかみ》の話のような、実直で頼りに

なる妻というのに相当するのだろうと思うのでした。

けれど、そう思いながらも、葵上の、相手をするのが恥ずかしくなるほど澄ましかえっている姿に、冷淡な物足りなさも感じるのでした。

一方、葵上にとっても、4つも年下で、他の女性への想いを心の奥底に秘めている源氏は、心から愛せる相手ではありませんでした。

葵上《あおいのうえ》

好きな人に忘れられるという経験をすればいいのに

「君をいかで思はむ人に忘らせて問はぬはつらきものと知らせむ」
（五帖　若紫《わかむらさき》）

瘧病《わらはやみ》（マラリア）の治療を終えて、北山から帰ってきた源氏は、舅《しゅうと》の左大臣に誘われて、葵上の待つ左大臣邸に行くことになります。葵上は、相変わらず一部の隙もない完璧な美しさながら、周囲を大勢の女房衆に取り囲まれたまま、源氏に打ち解けようとはしません。具合はいかがですか、くらいは問うてほしかったと言う源氏に、葵上は「問わぬはつらきもの、ですか」とだけ答えます。

これは「あなたに、なんとかして好きな人に忘れられるという経験をさせたい。そうすれば、何も問われない（消息をもらえない）のが、どれほどつらいことか、おわかりになるはず」という、古い和歌の一部をひいて、さんざん葵上を放置して、「問う」てこなかった源氏への、痛烈な皮肉なのでした。

葵上《あおいのうえ》

恋仲でもあるまいし、と呆れる

「問わぬは、つらきものにやあらむ」と後目《しりめ》に見おこせたまえるまみ
（五帖　若紫《わかむらさき》）

葵上に無沙汰を繰り返しながら、自分が病の時には、見舞いの言葉（問い）がほしかったという、わがままで自分勝手な源氏の言い分に、葵上は「問わぬはつらきもの、ですか」と、ぴしゃりと皮肉で返しました。これに源氏は「その『問わぬ』というのは、忍ぶ恋のような間柄の者が言うことで、私たちは正式な夫婦なのですから、その言葉には当たりませんよ」と苦しい言い訳をします。

すっかり鼻白んでしまった源氏は、一人で寝所に入って横になりますが、いつまでたっても、葵上が中に入ってくる気配はありません。源氏は、葵上を誘うべきかどうか悩みながらも、その心は、北山で見つけた、藤壺《ふじつぼ》にそっくりな少女のことへと飛んでいくのでした。

葵上《あおいのうえ》

自尊心が傷つき、もう一緒にいたくない

「わざと人据《す》ゑ《え》て、かしづきたまふ」と聞きたまひしよりは、「やむごと なく思し定めたることにこそは」と、心のみ置かれて、いとど疎く恥づかしく 思さるべし　（七帖　紅葉賀《もみじのが》）

源氏が二条邸に新しい女性を連れてきて、たいそう愛《いつく》しんでいると知った葵上は、「きっと、その女を大事な人として、心に決めているに違いないわ」と思って、せっかく源氏が左大臣邸にやって来ても心の隔たりを感じるばかりで、親しみを覚えるどころではありません。それればかりか、源氏と一緒にいることさえ、疎ましく感じるようになっていました。

けれど、いつまでも源氏を無視しているのも品のない事なので、源氏の愛嬌《あいきょう》たっぷりの戯言《たわごと》に、ついつい鷹揚《おうよう》に返事などをしてしまいます。

このとき葵上は、源氏より4つ年上の23歳の女盛りで、非の打ちどころのない整った様子は、やはり普通の女性とは異なる育ちの良さが出ていて、源氏は、葵上の成熟した女性の美しさに、あらためて感じ入るのでした。

葵上《あおいのうえ》

瀕死の病床から睨《にら》みつける、悲痛と恨めしさ

いときよげにうち装束《さうぞ》きて出でたまふを、常よりは目とどめて、見いだして臥《ふ》したまへり

（九帖　葵《あおい》）

源氏の子を身籠った葵上は、六条御息所《ろくじょうのみやすどころ》の生霊《いきりょう》に取り憑《つ》かれながらも、無事に源氏の最初の男の子である夕霧《ゆうぎり》を出産します。

一時は危篤状態にまでなった葵上は、病み窶《やつ》れた弱々しい様で臥せっていましたが、豊かな黒髪が乱れることもなく、はらはらと枕にかかっている様子は、この世のものとも思えぬ美しさでした。

そんな葵上に源氏は、（自

分はいったい、葵上のどこに不満を感じていたのだろう）と不思議に思うのでしたが、その直後、あれこれと教訓めいたことを言い置き、新しい装束に着替えると、葵上を置いて、参内《さんだい》してしまうのです。
　その姿を、冷たくじっと見つめていた葵上は、一人残された屋敷で、急死してしまいます。あたかも、自身の死ぬ姿を源氏には見せたくないとでもいうように……。

紫上《むらさきのうえ》

この上なく美しく素晴らしい人

限りなう心を尽くしきこゆる人に、いとよう似たてまつれるが、まもらるるなりけり」と、思ふにも涙ぞ落つる
（五帖　若紫《わかむらさき》）

瘧病《わらわやみ》（マラリア）の治療のために北山にやって来た源氏は、近くの僧房が気になって、小柴垣の隙間から覗き見ます。そこには尼と数人の女の子がいて、その中に、10歳ほどのひときわ抜きんでてかわいらしい少女がおりました。
　眉のあたりは、ふんわりと煙るようにやさしく、つやつやして素晴らしく美しい髪は、大人になったら、どれほど麗しい人になるだろうか、

と源氏に思わせるほどでした。

見つめるうちに源氏は、少女が自分の恋焦がれる藤壺《ふじつぼ》に瓜二つだと気づき、少女を自分の手もとに引き取って育てようと決意します。

少女は、藤壺の兄の兵部《ひょうぶ》卿宮《きょうのみや》の娘で、藤壺の姪にあたる人でした。さらに、この少女こそが、のちに源氏の最も大切な女性となる、紫上《むらさきのうえ》の若き日の姿だったのです。

紫上《むらさきのうえ》

裏切りを飲み込んで、子を引き取る懐の深さ

思はずにのみとりなしたまふ御心の隔てを、せめて見知らずうらなくやは、とてこそ。
いはけなからん御心には、いとようかなひぬべくなん（十八帖　松風《まつかぜ》）

明石《あかし》の君が姫君を産み、明石の君母子と母尼君は、京の西郊外にある大井の山荘に移り住みます。でも、母親が身分の低い明石の君のままでは、自分の子として正式に世間にお披露目もできないと考えた源氏は、子どものいない紫上に、姫君を引き取って育ててほしいと頼みます。

源氏の裏切りによって生まれた姫君を、自分に育てろという自分勝手な言い分に、紫上もムッとしますが、いつも源氏から、あなたはやきもち焼きだ、と、悪者扱いされているため、「私だって、やきもちを焼いてばかりの悪い妻ではありませんよ」と度量の広さを見せ「姫君は、どんなにかわいらしくおなりでしょうね」と、にっこり笑って、明石の君の姫君を引き取ることに同意するのでした。

気高《けだか》くきよらに、さとにほふここちして、春の曙の霞の間《ま》より、おもしろき樺桜《かばざくら》の咲き乱れたるを見る心地す
（二十八帖　野分《のわき》）

紫上《むらさきのうえ》

垣間見るだけでも愛おしい

紫上《むらさきのうえ》

出家を願い、せめて来世は心安らかに

まめやかには、いと行く先少なき心地するを、今年もかく知らず顔にて過ぐすは、いとうしろめたくこそ。さきざきも聞こゆること、いかで御許しあらば

（三十五帖　若菜下《わかなのげ》）

源氏に最も愛される妻として、また六条院《ろくじょういん》の女主人として、ゆるぎない地位を築いていると思っていた紫上。その思いが、女三の宮の降嫁《こうか》によって、もろくも崩れ去ってしまいます。

わがままな源氏の愛情に振り回されるのに、疲れ果ててしまった紫上は、「この世がどんなものか、私も、だいたい見当のつく年になりました。そろそろ出家して、心を

鎮めて勤行《ごんぎょう》専一《せんいつ》に過ごしとうございます」と、源氏に出家を願いでます。紫上は、現世の嫉妬の苦しみや、愛憎のくびきから解き放たれ、救済されたいと強く願っていたのです。しかし源氏は、それを許しませんでした。

　紫上を失いたくないという源氏の心も理解でき、紫上は、やむなく出家を諦めるのでした。

紫上《むらさきのうえ》

自分の死際も、源氏を思いやる

つひに、いかに思し騒がむ

（四十帖　御法《みのり》）

命にかかわるほどの大患を得てから4年。紫上の体調は、良くなったり、悪くなったりを繰り返しながら、次第に衰弱の度を増していきました。

病ですっかり痩せ細ってしまった紫上でしたが、若い頃の華やかで輝くばかりの色香をたたえた美しさとは異なり、可憐で弱々しい中に飾らぬ高貴な美しさがにじみ出て、現世は仮の世と悟ったかのような、静かな面持ちになっていました。

そんな秋のある日。

脇息《きょうそく》に寄りかかって庭を見るほどに、体調がよくなった紫上の姿を見て、源氏は手放しで大喜びします。そんな源氏の姿に、紫上は、自分が死んでしまったら、この君は、どんなに心を痛められるのだろうかと、胸をしめつけられるのでした。

紫上《むらさきのうえ》

恋しさ、悲しみを持て余す

「いかにして慰むべき心ぞ」と、いと比べ苦《ぐる》しう
（四十一帖　幻《まぼろし》）

紫上を失った源氏は、悲しみに暮れて、魂が抜けてしまったかのように、ぼんやりと日々を過ごしておりました。紫上の死から1年が過ぎても、その悲しみは癒されることなく、深まる一方でした。

かつて源氏が、女三の宮のもとに3日通って、戻った朝のこと。紫上は、源氏を寒い外に待たせたまま、長いあいだ部屋に入れなかったことがありました。けれど、いったん中に入れた後は、何事もなかったかのように、おっとりと親しみ深い態度で、源氏に接してくれたものでした。あのとき紫上の袖が、涙で濡れていたのを思い出し、源氏は、悔恨の情にかられ、あれほど素晴らしい女性は、もう二度と現れない。源氏は、そう思わずにはいられませんでした。

まことの知らぬ国に来たらむ心地して、あはれにおもしろく、見ならはぬ女房などは思ふ
（二十四帖　胡蝶《こちょう》）

紫上《むらさきのうえ》

外国にやってきたような夢心地

末摘花《すえつむはな》

判断力を失うほど混乱している

いとど思ひ乱れたまへるほどにて、え形のやうにも続けたまはねば
（六帖　末摘花）

故常陸宮《ひたちのみや》が晩年に儲けた末摘花の姫が、一人寂しく暮らしていると聞いて興味を持った源氏は、命婦《みょうぶ》の手引きで、末摘花の屋敷の庇《ひさし》の間に入ることを得ます。源氏は、障子ににじり寄って、末摘花を口説き続けましたが、末摘花は恥ずかしがって一言も口をききません。ついに業を煮やした源氏が、障子を引き開けて押し入り、末摘花を抱きしめました。

末摘花にとって、それはあまりに突然の出来事でした。我を忘れ、ただ恥ずかしく、身を隠してしまいたいということ以外、何も考えられなくなってしまいます。

事が終わっても、末摘花は、おろおろと恥ずかしがっているばかりで、気の利いた受け答え一つできず、源氏は、すっかり興ざめしてしまうのでした。

末摘花《すえつむはな》

田舎臭くて時代遅れで、変に大げさな人

ひなび古めかしう、ことことしく

（六帖　末摘花）

常陸宮《ひたちのみや》の娘という高い身分でありながら、早くに父親を亡くしてしまったために、すっかり零落《れいらく》してしまった末摘花の姫君。

ふとした縁で、末摘花と契りを結んだ源氏は、逢瀬の翌朝、暁の光の中で、その容姿を見ることになります。

末摘花は、髪の毛は長くて素晴らしいものの、座高が高く胴長で、小柄が好まれた平安時代において、絶望的な姿

をしていました。しかも顔は驚くほど長く、それ以上にひどいのが鼻で、象の鼻かと思えるほど大きくて高く、長々として、先の方が垂れて赤くなっているのです。着ている黒い貂《てん》の毛皮は、時代遅れで古くさく、また、恥じらうばかりで、袖で口を覆って何も言わない仕草も、田舎臭く妙に大げさで、見るに堪えないものだったのです。

風のつてにても、我かくいみじきありさまを聞きつけたまはば、かならず訪らひ出でたまひてむ
（十五帖　蓬生《よもぎう》）

末摘花《すえつむはな》

苦境を耐え忍び待つ

『源氏物語』コラム④ 平安貴族の優雅な嗜《たしな》み

平安貴族は儀式の中だけでなく、娯楽・音楽・舞楽《ぶがく》の遊びをこよなく愛す風流な人々でした。

娯楽	遊びの内容	源氏物語では
物合《ものあわせ》	歌や調合した薫物《たきもの》の優劣を競う	梅壺女御と弘徽殿女御の絵合《えあわせ》(「絵合」)、六条院での薫物(「梅枝」)など
雛遊《ひいなあそ》び	女児の人形遊び	幼い紫上(若紫)と源氏が遊ぶ様子が描かれる(「若紫」)
碁《ご》・双六《すごろく》	双六は、賽《さい》を振り自陣の駒を敵陣に進めるゲーム	空蝉《うつせみ》と軒端荻《のきばのおぎ》(「空蝉」)、近江の君と侍女 の対局(「常夏」)など
雪遊《ゆきあそ》び	雪を転がしたり、雪山を作っ たりする	童に雪を転がして遊ばせるシーンがある(「朝顔」)
鷹狩《たかがり》	野山へ出かけ小禽や小獣を狩る	中将が小鷹狩のついでに浮舟を訪れる(「手習」)
蹴鞠《けまり》	鹿革製の毬を地面に落とさないように蹴り回す	六条院での蹴鞠中に柏木が女三の宮を垣間 見る(「若菜上」)

舞楽	舞の内容	源氏物語では
青海波《せいがいは》	左方唐楽《さほうとうがく》の曲。2人の舞。鳥兜《とりかぶと》をかぶり紅葉などを頭に挿して舞う	朱雀院行幸《すざくいんみゆき》の試楽《しがく》での源氏と頭中《とうのちゅう》将《じょう》による舞(「紅葉賀《もみじのが》」)
春鶯囀《しゅんのうでん》	左方唐楽の曲。4または6人の舞。襲装束に鳥兜をつけて舞う	桜の宴での源氏の舞(「花宴」)、冷泉院の朱雀院行幸の際の舞(「少女」)
柳花苑《りゅうかえん》	左方唐楽の曲。4人の女舞とされる。天女のような衣装で舞う	桜の宴で源氏に続く頭中将の舞(「花宴」)
秋風楽《しゅうふうらく》	左方唐楽の曲。4人の舞。袍の両 肩を脱いで舞う	朱雀院行幸の際の舞(「紅葉賀」)
太平楽《たいへいらく》	左方唐楽の曲。4人の武舞。兜・鎧《よろい》をつけ、太刀鉾《たちほこ》を持って舞う	朱雀院五十賀の試楽(「若菜下」)
胡蝶《こちょう》	右方高麗楽《こまがく》の曲。4人の童舞《どうぶ》。蝶の羽をつけ、山吹の花を持って舞う	秋好中宮《あきこのむちゅうぐう》の御読経で紫上が舞童に舞わせる(「胡蝶」)

第五章
夢のお告げに導かれ

明石《あかし》の君《きみ》

とるに足らない身分だが気品高い人

数ならぬ身なれど気高きさまなる人

（十三帖　明石）

弘徽殿《こきでん》の大后の魔の手から逃れるため、源氏は須磨《すま》へと居を移しました。

須磨からほど近い明石には、近衛中将《このえのちゅうじょう》の地位を捨て、播磨《はりま》の受領《ずりょう》となった明石の入道という男がいて、娘の明石の君を都の高貴な人に嫁がせたいと願っていました。

嵐によって、須磨の仮住まいが壊れてしまった源氏は、明石の入道の屋敷に身を寄せ、そこから明石の君との文

の交流が始まります。
　明石の君の筆跡は、都の上級貴族にも劣らぬ見事さで、文の内容も、物の情理をわきまえた気品ある女性であることを感じさせるものでした。
　源氏は、明石の君に会ってみたいと思う反面、彼女が低い身分ではあっても気位が高く、そう簡単にはなびかない女性なのではないかと、想像するのでした。

明石《あかし》の君《きみ》

身分違いのひどく悩みの多い結婚生活

女、思ひしもしるきに、今ぞまことに身も投げつべき心地する

（十三帖　明石）

源氏にとって、田舎育ちの自分など物の数にもはいらない。そう考える明石の君は、源氏と男女の仲になることはせず、ただ手紙のやりとりだけにとどめておこうと考えていました。しかし、父親の明石の入道は、なんとしても娘を源氏の妻にしたいと願い、ついに明石の君の部屋に、源氏を招き入れてしまいます。

かくして源氏と契りを結んだ明石の君でしたが、二人のつながりが噂になっても困る源氏は、人目を気にして、明石の君のもとへ頻繁には通ってきませんでした。

身分違いであることは覚悟していた明石の君も、想像していた以上につらく悲しく、源氏が素晴らしければ素晴らしいほど、つたない自身の身の程を嘆かずにはいられないのでした。

なかなかもの思ひ添はりて、明け暮れ、
口惜しき身を思ひ嘆く
（十四帖　澪標《みおつくし》）

明石《あかし》の君《きみ》

情けない身の上を嘆く

明石《あかし》の君《きみ》

娘を手放す悲しみ

「かやうならむ日、ましていかにおぼつかなからむ。」
（十九帖　薄雲《うすぐも》）

都から遠く離れた明石の地で、源氏の初めての娘となる女の子を出産した明石の君。この知らせを聞いた源氏は、明石の君と姫君を京へ呼び寄せます。自身の身分の低さを恥じて、洛中二条の源氏邸に移ることを拒む明石の君に、源氏は、姫君だけでも引き取りたいと訴えました。娘の行く末を思うなら、高貴の姫として育てられた方がいい。頭ではわかっていても、母としての心は、子を手放す苦しみに張り裂けそうになります。それでも、明石の君は、娘を手放す決意をするのでした。

雪の日。なんの屈託もなく、迎えの車に乗った姫君は、一緒に乗ろうと、母親の明石の君の袖をつかんで引っ張ります。涙を抑えることのできない明石の君は、去っていく娘の車を、黙って見送るしかないのでした。

玉鬘《たまかずら》

気品高く清純な美しい人

いとうつくしう、ただ今から気《け》高《だか》くきよらなる御さま

（二十二帖　玉鬘）

若き源氏と一夜の契りをかわしながら、怨霊に取り憑《つ》かれて死んでしまった夕顔には、まだ幼い娘の玉鬘がいました。父親は頭中将《とうのちゅうじょう》でしたが、夕顔が頭中将の北の方の嫉妬に遭い、五条に身を隠していたことから、玉鬘は、父親と対面することもかなわぬまま、乳母につれられて、乳母の夫の赴任先である、九州の筑紫《つくし》へと向かうことになってしまいます。

幼いながらも気品高く清純な美しい姫君は「母上のところへ行くの？」と、急に行方知れずになった母に会えるのかと思い、粗末な舟へと乗り込むのでした。
やがて玉鬘は、遠い筑紫の地で、母親似のすっきりとした美しさと、父親の血筋の良さからくる高貴さを併せ持つ、おっとりとした申し分のない女性に成長したのでした。

玉鬘《たまかずら》

恥ずかしさで体が震える

いとうたておぼゆれど、おほどかなるさまにてものしたまふ

（二十四帖　胡蝶《こちょう》）

田舎豪族のしつこい求婚から逃れるため、思い切って京へと戻った玉鬘と乳母たち。お参りに行った長谷寺で、ひょんなことから、夕顔の乳母子で、いまは紫上《むらさきのうえ》つきの女房となっていた右近と出会い、源氏に引き取られることになります。

源氏は、玉鬘を自分の娘と称して引き取り、実の父親にも負けないほどの愛情深い態度で接していましたが、内心では、亡き夕顔に瓜二つの玉鬘に、恋慕の情を抱いていたのです。

ある日、源氏が、そうした自身の心をおさえきれず、玉鬘の手をとり言い寄りました。父親とも思っていた人に、突然男の顔になって迫られた玉鬘は、嫌で嫌でたまらず、恥ずかしさで体が震えるのをどうしても止めることができませんでした。

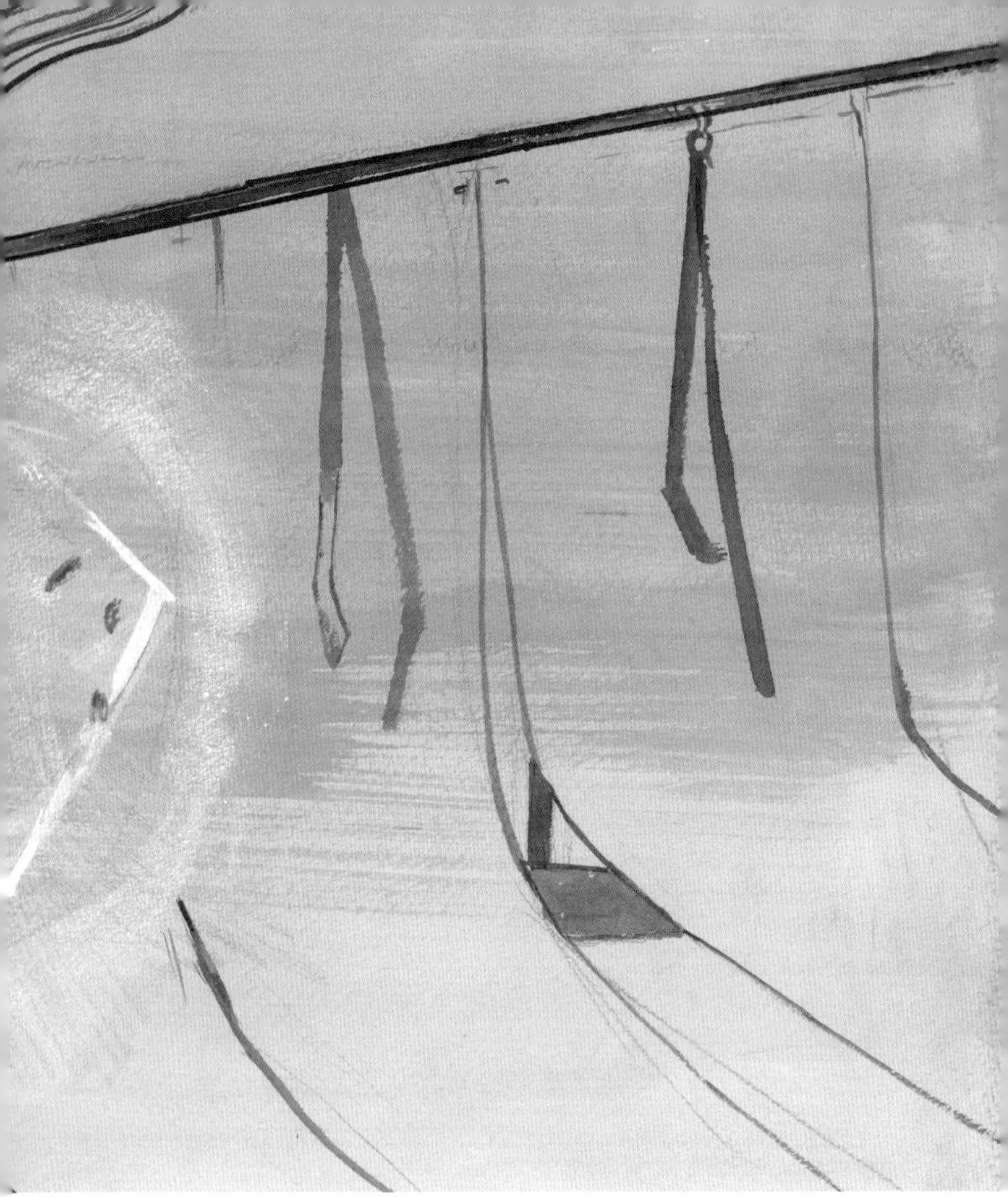

声はせで身をのみこがす蛍こそ　言ふよりまさる思ひなるらめ
（二十五帖　蛍《ほたる》）

玉鬘《たまかずら》

蛍の光は思いを燃やしている

玉鬘《たまかずら》

髪を触られて身を固くする

御髪の手あたりなど、いと冷やかにあてはかなる心地して、うちとけぬさまにものをつつましと思したるけしき、いとらうたげなり。　帰り憂く思しやすらふ　（二十七帖　篝火《かがりび》）

自分の本当の父である内大臣（もとの頭中将）が、引き取った娘の近江の君を冷たく扱っていると知った玉鬘は、源氏に引き取られた自身の幸運を感じて、源氏へ少し心を許すようになっていました。

そんな秋のある日。玉鬘と添い寝をしていた源氏は、（こんな珍しい男女の仲があるだろうか）と、少し自虐的に思いながらも、玉鬘のもとを去りがたく、その美しい髪に手を当てて撫《な》ではじめました。源氏に触れられた玉鬘は、思わず身を固くしますが、その様子もまた可愛げがあって、源氏は一層立ち去りがたく思います。庭の篝火に寄せて、再び玉鬘を口説き始めた源氏に、玉鬘は、表向きは父と娘の関係なのに、世の人が知ったらどう思うだろうか、と、困惑するのでした。

玉鬘《たまかずら》

野暮な夫に源氏を懐かしむ

思ひのほかなる身の、置きどころなく恥づかしきにも、涙ぞこぼれける

（三十一帖　真木柱《まきばしら》）

蛍兵部卿宮《ほたるひょうぶきょうのみや》や柏木《かしわぎ》など、玉鬘に群がる大勢の求婚者を出し抜き、玉鬘を手に入れたのは、髭黒《ひげくろ》の右大将でした。それは大勢の求婚者たちをはじめ、源氏や玉鬘自身にとっても、思いもかけない事でしたが、事ここに至っては、源氏も、髭黒の右大将を婿と認めないわけにはいきません。

けれど、心楽しまないのは玉鬘です。もともとは朗らかで明るい性格だったのに、悔しさと不本意さに屈託して、鬱々《うつうつ》とした日を過ごしていました。

髭もじゃで野暮で、女心など全然理解しない髭黒の大将に比べれば、源氏の素晴らしい容姿や風貌が今更ながらに思い出され、心望まぬ男のものとなってしまった、自身の不幸を嘆かずにはいられませんでした。

真木柱《まきばしら》

どうか私を忘れないで

「今はとて　宿かれぬとも　馴れ来つる　真木の柱は　われを忘るな」

（三十一帖　真木柱）

玉鬘を手に入れて有頂天の髭黒《ひげくろ》の大将は、正室である式《しき》部卿《ぶきょう》の宮の娘への扱いも、冷たくなる一方でした。夫婦の関係は冷え切り、髭黒の大将が玉鬘のところに入りびたっていると聞いた式部卿の宮は、娘の北の方を憐れんで、髭黒の大将の留守に、娘と孫たちを屋敷に移そうとします。

父親の髭黒の大将に可愛がられていた、娘の真木柱は、父親に別れの挨拶もしないま

ま屋敷を去ることを嘆き悲しみ、いつも寄りかかっていた東面《ひんがしおもて》の柱の割れ目に、「今はとて宿かれぬとも馴れ来つる真木の柱は我を忘るな（私はこの家を離れて去りますが、慣れ親しんだ真木の柱だけは、私のことを忘れないでね）」と書いた紙を笄《こうがい》で押し込むと、泣く泣く屋敷を去っていったのでした。

女三《おんなさん》の宮《みや》

子どもっぽくきゃしゃな人

いはけなくあえかなる人
（三十四帖　若菜上《わかなのじょう》）

女三の宮は、朱雀院《すざくいん》と藤壺《ふじつぼ》の異母妹との間に生まれた女性で、早くに母親を亡くしていました。出家を決意した朱雀院は、しっかりとした後見人のいない、女三の宮の身の上を心配し、源氏に降嫁《こうか》させることによって、娘の行く末を託したのです。

源氏に嫁いだ女三の宮は、まるで御衣《おんぞ》だけが、そこに置いてあるかのように、小さくて可愛らしい女性で、色香を感じさせるようなところはないものの、高貴な美しさを持っておられました。ただ、若芽を伸ばしはじめた糸柳の細い枝のように華奢で弱々しく、態度もあどけなくて、あまりに子どもも子どもしておられたために、源氏は、同じ藤壺の姪である紫上と比べて、ずいぶん見劣りすると感じずにはいられませんでした。

女三の宮《おんなさんのみや》

思慮が足らず幼い

「なほ、内外の用意多からず、いはけなきは、らうたきやうなれど、うしろめたきやうなりや」（三十四帖　若菜上《わかなのじょう》）

3月の、うららかに晴れた日。六条院《ろくじょういん》の庭に集まった、若い公達《きんだち》たちによる、蹴鞠《けまり》が行われました。蹴鞠の最中、内大臣の息子である柏木《かしわぎ》が、女三の宮の部屋の方を見ると、ちょうど大きな猫が、唐渡《からわたり》の可愛らしい子猫を追いまわしていたようで、唐渡の子猫が、御簾《みす》の裾から飛び出してきました。しかも、子猫が首につけていた長い紐が、御簾に引っかかってしまったらしく、逃げようともがくうちに御簾の裾がめくれて、部屋の内部が丸見えになってしまったのです。

女三の宮は幼く、思慮の足りない人だったので、すぐに御簾を戻すよう命じることもなく、そのため柏木は、女三の宮の姿をはっきりと目撃してしまい、かなわぬ恋に、身を焦がすことになってしまうのです。

花の上も忘れて心に入れたるを、大殿も宮も、隅の高欄《こうらん》に出でて御覧ず
（三十四帖　若菜上《わかなのじょう》）

女三《おんなさん》の宮《みや》

花も忘れて鞠《まり》に熱中している

女三の宮《おんなさんのみや》

理性の抑制が効かない恋愛

賢しく思ひ鎮むる心も失せて、「いづちもいづちも率て隠したてまつりて、わが身も世に経るさまならず、跡絶えて止みなばや」とまで思ひ乱れぬ　（三十五帖　若菜下《わかなのげ》）

蹴鞠《けまり》の日に、女三の宮の姿を一目見てから、柏木《かしわぎ》の心は女三の宮への恋慕で、いっぱいになってしまいました。それから六年、柏木の恋心はつのるばかり。女三の宮に会わせてほしいと、柏木に頼み込まれた小侍従《こじじゅう》は、賀茂祭《かもまつり》の前日、人が出払った隙を狙って、女三の宮の部屋に、柏木を招き入れてしまいます。

女三の宮に直接会って、胸のうちを伝えるだけでいい。最初は、そう思っていた柏木でしたが、女三の宮の守ってあげたくなるような、弱々しい愛らしさに、思わず理性も消し飛び、（ええい、もうどうなってもかまうものか。世間の当り前の暮らしなど捨ててしまって、このまま、このかわいい人を連れて逃げて、どこかに隠れ住みたい……）。そんな思いに駆られながら、ついに一線を越えてしまうのです。

光源氏《ひかるげんじ》

睨《にら》みいびり殺す

さかさまに行《ゆ》かぬ年月よ。老《おい》はえのがれぬわざなり」とて、
うち見やりたまふに（三十五帖　若菜下《わかなのげ》）

紫上《むらさきのうえ》の看病のために、源氏は、ずっと二条の邸にいて、長らく六条院を離れていたというのに、女三の宮が懐妊したことを知らされ、内心驚きます。さらに源氏は、女三の宮の不注意により、柏木《かしわぎ》からの手紙を見つけてしまい、女三の宮の相手が、柏木であることを知るのでした。

その年の師走。六条院では朱雀院《すざくいん》の五十の賀のための試楽《しがく》を行うこととなり、音楽に精通している柏木も、六条院に招かれます。源氏は、宴席に並ぶ柏木を冷徹な目で睨みながら、無理に酒を勧めては、ちくりちくりと皮肉を言い続けます。こうした源氏の態度から、女三の宮との不義密通を源氏に知られたと悟った柏木は、恐怖と絶望のあまり、病に倒れてしまい、ついには亡くなってしまうのでした。

光源氏《ひかるげんじ》

堪えがたい悲しさで手紙を焼き捨てる

この世ながら遠からぬ御別れのほどを、いみじと思しけるままに書いたまへる言の葉、げにその折よりもせきあへぬ悲しさ、やらむかたなし

（四十一帖　幻《まぼろし》）

最愛の紫上《むらさきのうえ》が死んで1年。悲しみに暮れながらも、なんとか生きながらえてきた源氏は、もはや俗世を捨てて出家をしようと思い定め、六条院に仕える女房達などにも、形見分けの品を与えたりしていました。そんななか、源氏は、信頼できる女房たちに命じて、紫上の手紙を破り捨てさせます。他の女性の文はともかく、紫上の手紙だけは、捨てることもできず、ずっと手元に置いていたのです。けれど、破られた紙の上に見える、かの人の筆跡を目にすると、またも、とめどない涙があふれてくるのでした。堪えがたい悲しみを抱えながらも、ついに源氏は、紫上の手紙が、かの人と同じように、煙となって雲の上までのぼっていくようにと、すべて焼き捨てさせたのでした。

人物相関図①

光源氏の青春期

第一帖「桐壺《きりつぼ》」から第三十三帖「藤裏葉《ふじのうらば》」まで

主人公・光源氏の青年期の華やかな恋愛模様と、政治的な事件、追放と復帰、栄華の極みが描かれます。

光源氏 ひかるげんじ

桐壺帝《きりつぼてい》の第二皇子。天性の美貌で様々な女性と関係を持つ。父帝の妻・藤壺と不義の子をもうける。

藤壺 ふじつぼ

源氏の継母。亡き母親の桐壺更衣と容貌が似ている。源氏と密通して皇子を産むも、秘密を抱え出家。

夕顔 ゆうがお

頭中将《とうのちゅうじょう》のかつての恋人。源氏の理想的な愛人。逢瀬《おうせ》中に悪霊に取り憑《つ》かれて不幸な最期を遂げる。

六条御息所 ろくじょうのみやすどころ

前の東宮の未亡人で、身分も教養も高い。誇りの高さから辱《はずかし》めを受け、葵上に生霊となり取り憑く。

紫上 むらさきのうえ

十歳の頃源氏に見そめられ引き取られる。藤壺の姪で容貌が似ていることで愛され成長。源氏と結婚。

葵上 あおいのうえ

左大臣の姫君で源氏の正妻。プライドが高く冷めた結婚生活を送る。出産直後に生霊に取り憑かれ死亡。

明石の君 あかしのきみ

須磨へ流された源氏が出逢った受領明石の入道の娘。教養と気品を備える。源氏との間に姫君を出産。

玉鬘 たまかずら

頭中将と夕顔の忘れ形見。源氏に呼ばれ六条院へ。美貌から源氏に言いよられる。後に鬚黒《ひげくろ》と結婚。

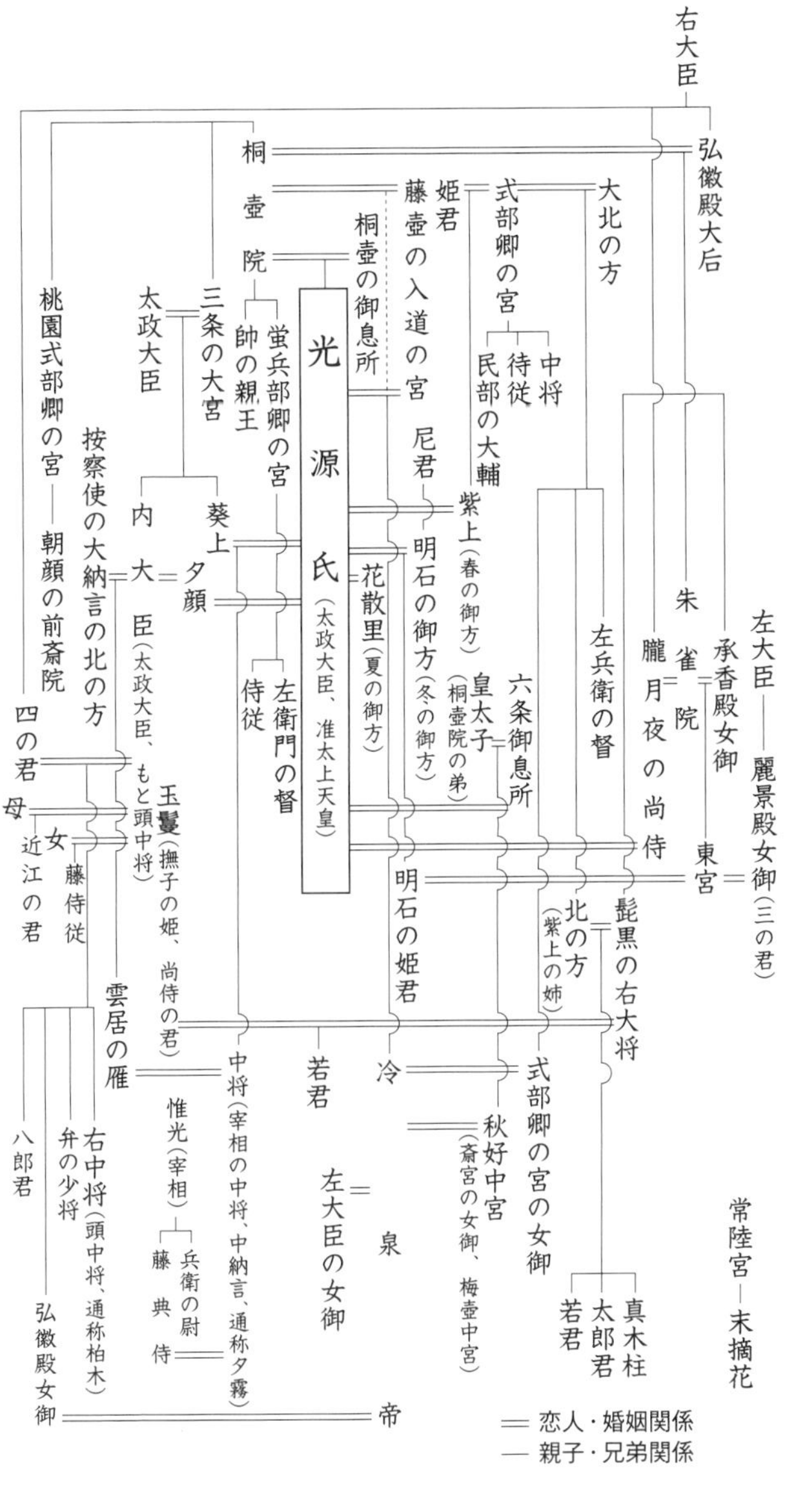
右大臣
弘徽殿大后
桐壺院
姫君
藤壺の入道の宮
式部卿の宮
大北の方
桐壺の御息所
中将
侍従
民部の大輔
光源氏（太政大臣、准太上天皇）
蛍兵部卿の宮
帥の親王
三条の大宮
太政大臣
桃園式部卿の宮
朝顔の前斎院
尼君
紫上（春の御方）
明石の御方（冬の御方）
花散里（夏の御方）
葵上
内大臣（太政大臣、もと頭中将）
夕顔
按察使の大納言の北の方
左衛門の督
侍従
朱雀院
承香殿女御
左大臣
麗景殿女御（三の君）
朧月夜の尚侍
左兵衛の督
皇太子（桐壺院の弟）
六条御息所
東宮
四の君
母
女
近江の君
藤侍従
玉鬘（撫子の姫、尚侍の君）
明石の姫君
北の方（紫上の姉）
髭黒の右大将
雲居の雁
中将（宰相の中将、中納言、通称夕霧）
若君
冷泉
式部卿の宮の女御
秋好中宮（斎宮の女御、梅壺中宮）
惟光（宰相）
藤典侍
兵衛の尉
左大臣の女御
八郎君
弁の少将
右中将（頭中将、通称柏木）
弘徽殿女御
帝
常陸宮
末摘花
若君
太郎君
真木柱
＝ 恋人・婚姻関係
― 親子・兄弟関係

人物相関図②

光源氏の壮年期

第三十四帖「若菜上《わかなのじょう》」から第四十一帖「幻《まぼろし》」まで

主人公・光源氏の壮年期。華やかな生活は崩れ、かつて犯した罪の報いと苦悩・因果応報の世界が展開します。

光源氏《ひかるげんじ》

四十代に入り若い頃ほど恋愛に情熱が湧かない。異母兄・朱雀《すざく》院の依頼で女三の宮と結婚し、運命が暗転。藤壺との過ちの報いを受ける。

紫上《むらさきのうえ》

源氏の事実上の妻の地位を保ってきたが、女三の宮の降嫁《こうか》により側室の位に。思い悩み出家を望むも源氏の許可が出ずに発病。二条院に移る。

女三の宮《おんなさんのみや》

皇女。父・朱雀院が源氏に降嫁させる。子どもっぽさが抜けず、源氏の留守中に柏木と過ちを犯し、子を身ごもる。

柏木《かしわぎ》

源氏のライバル・内大臣（頭中将）の長男で夕霧の親友。妻に満足できず女三の宮に求愛。六条院での蹴鞠の折に女三の宮を垣間見《かいまみ》て思いが募り過ちを犯す。

夕霧《ゆうぎり》

源氏の長男で順調にエリート街道を突き進む。生真面目な愛妻家。親友の柏木が病に倒れ、その妻を見舞ううちに思いを寄せるように。

冷泉院《れいぜいいん》

桐壺院の皇子として育つが実は光源氏と藤壺の子。容姿は源氏に似て端麗。内大臣（頭中将）の娘（秋好中宮）や六条御息所の娘が入内後に実父を知る。

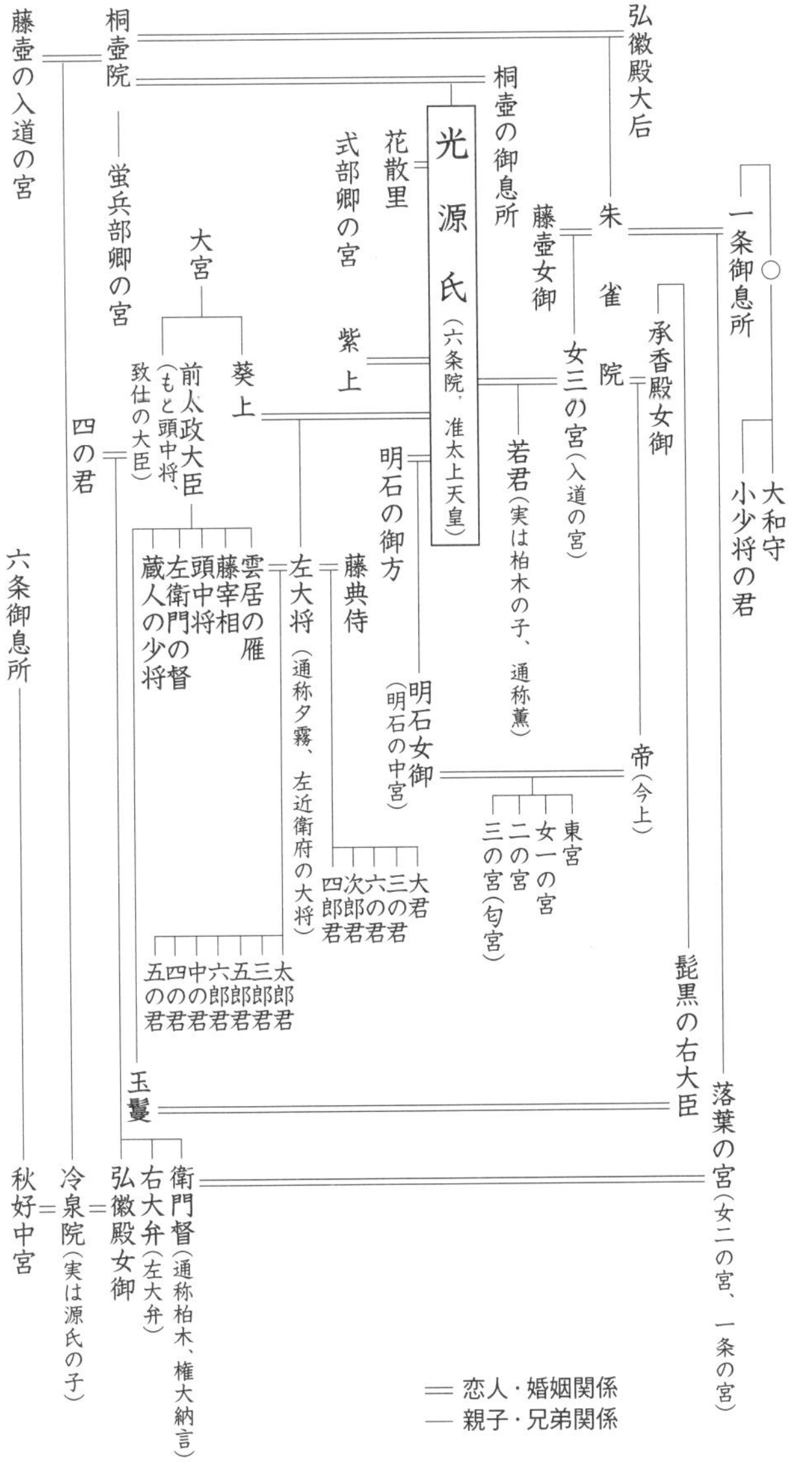
弘徽殿大后
一条御息所
大和守
小少将の君
朱雀院
落葉の宮（女二の宮、一条の宮）
藤壺女御
承香殿女御
髭黒の右大臣
女三の宮（入道の宮）
帝（今上）
東宮
女一の宮
二の宮
三の宮（匂宮）
若君（実は柏木の子、通称薫）
桐壺の御息所
光源氏（六条院、准太上天皇）
花散里
紫上
明石の御方
明石女御（明石の中宮）
式部卿の宮
藤典侍
大君
三の君
六の君
次郎君
四郎君
大宮
葵上
左大将（通称夕霧、左近衛府の大将）
太郎君
三郎君
五郎君
六郎君
中の君
四の君
五の君
前太政大臣（もと頭中将、致仕の大臣）
雲居の雁
藤宰相
頭中将
左衛門の督
蔵人の少将
四の君
玉鬘
衛門督（通称柏木、権大納言）
右大弁（左大弁）
弘徽殿女御
桐壺院
蛍兵部卿の宮
冷泉院（実は源氏の子）
藤壺の入道の宮
六条御息所
秋好中宮
＝ 恋人・婚姻関係
― 親子・兄弟関係

光源氏の恋愛年表

恋多き主人公・光源氏の恋愛の歴史をたどる

美貌と立場を利用し、次々と女性と逢瀬《おうせ》を重ねる一方、関係を持った女性の面倒を見る情け深い光源氏。

12歳	藤壺（17）に恋こがれる 葵上（16）と結婚
17歳	空蝉と密通 軒端荻と契る 六条御息所（24）と恋仲になる 夕顔（19）と出会い、契る 夕顔（19）が死去
18歳	若紫（紫上）（10）を見つける 藤壺（25）と密通・藤壺が懐妊
19歳	末摘花と出会い、契る 源典侍（57〜58）と密会 藤壺（24）が出産。源氏は藤壺に会いたくても会うことができない
20歳	朧月夜と恋仲になる
22歳	紫上（14）と契りを結ぶ 葵上（25）が出産、死去

※光源氏の年齢が基準。（　）内は女性たちの年齢。
　　　は死去や出家など光源氏の黒歴史。

23歳	六条御息所（30）が伊勢へ
24歳	朧月夜が尚侍として出仕
	藤壺（29）が出家
25歳	花散里に癒しを求める
	朧月夜と密会
27歳	明石の君（18）と契りを結ぶ
29歳	六条御息所（36）が出家、死去
	空蝉が出家
32歳	前斎宮（23）に言い寄る
	朝顔の姫君に言い寄る
	藤壺（37）が死去
36歳	玉鬘（21）に言い寄る
37歳	玉鬘（23）が髭黒と結婚
40歳	女三の宮（14～15）と結婚
47歳	女三の宮（21～22）が柏木と密通
	朧月夜が出家
	女三の宮（22～23）が出産後、出家
51歳	紫上（43）が死去

六条院と女性

春夏秋冬の女性たちを住まわせる六条院

六条院は総面積 63,500 平方メートルの豪邸。四分割し、春夏秋冬の庭園とゆかりの女性を住まわせた。

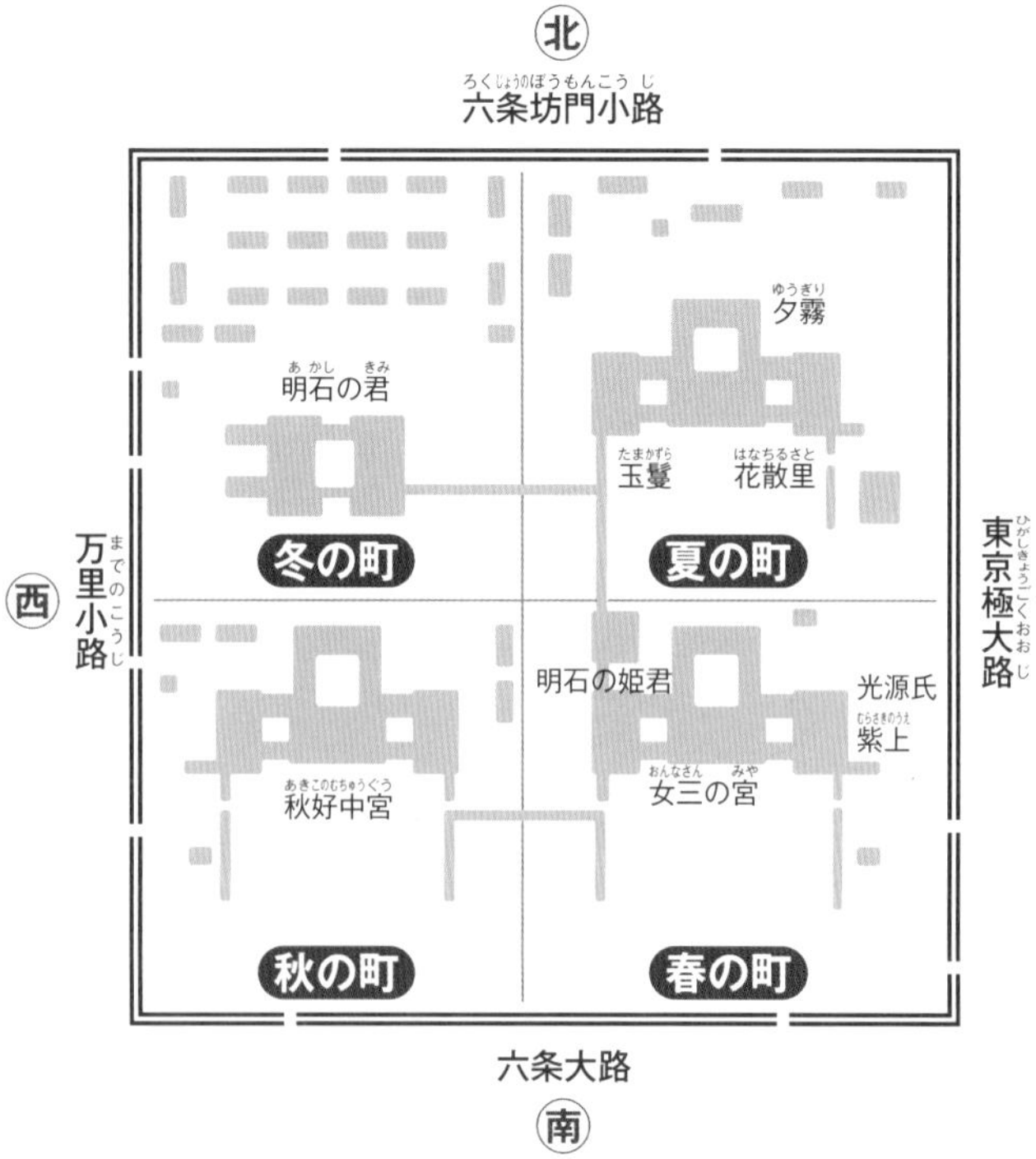

平安京図と二条院・六条院

物語の舞台になった都・平安京

平安京は京都市に位置し、唐の都長安《ちょうあん》をモデルにした左右対称、碁盤の目状につくられていました。

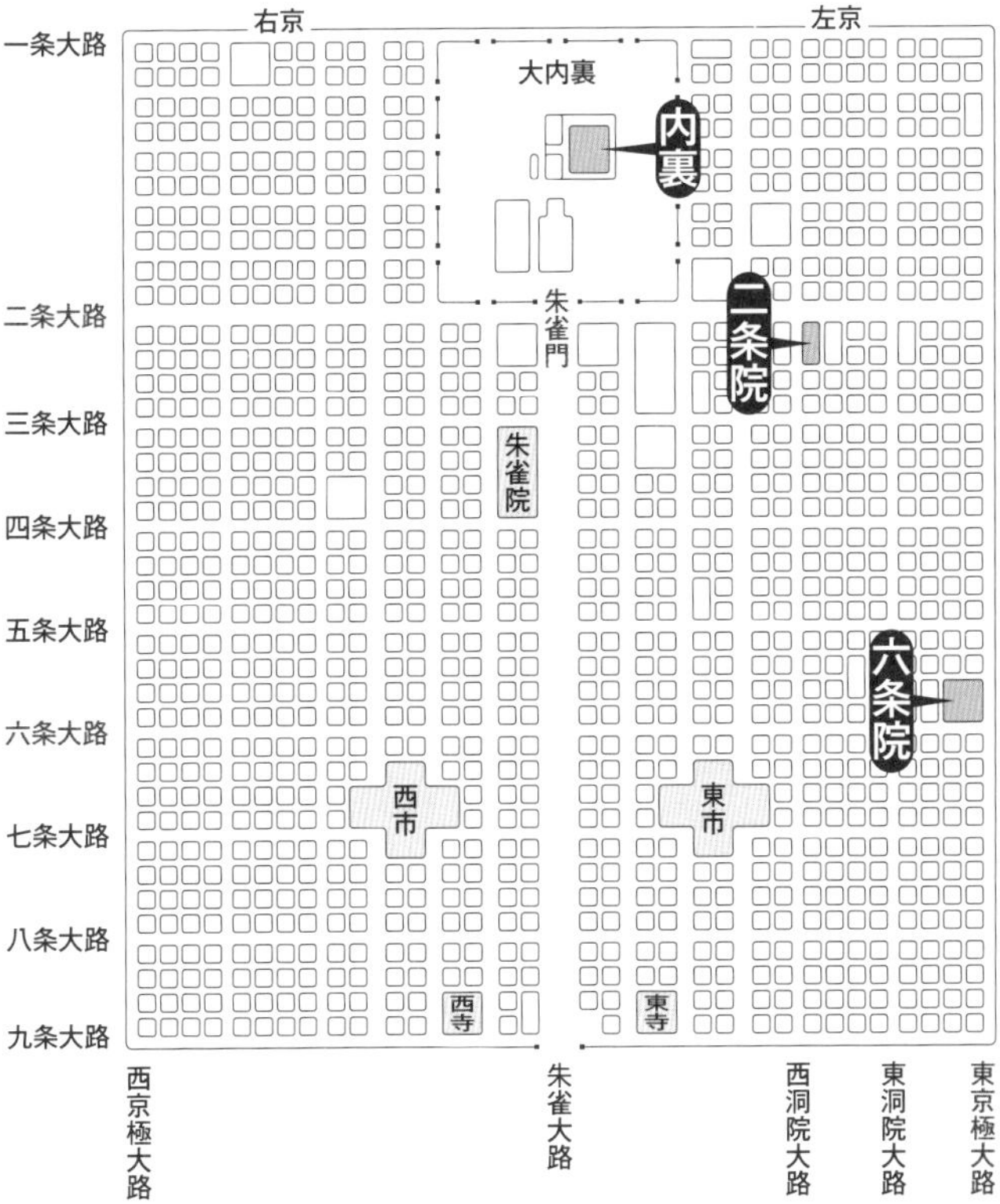

全帖早わかり表

源氏物語全五十四帖の巻名一覧

日本を代表する古典文学・源氏物語は全五十四帖。本書は光源氏を主人公とした第一部・第二部を収録。

区切	帖	帖名	
第一部	1	桐壺	きりつぼ
	2	帚木	ははきぎ
	3	空蝉	うつせみ
	4	夕顔	ゆうがお
	5	若紫	わかむらさき
	6	末摘花	すえつむはな
	7	紅葉賀	もみじのが
	8	花宴	はなのえん
	9	葵	あおい
	10	賢木	さかき
	11	花散里	はなちるさと
	12	須磨	すま
	13	明石	あかし
	14	澪標	みおつくし
	15	蓬生	よもぎう
	16	関屋	せきや
	17	絵合	えあわせ
	18	松風	まつかぜ
	19	薄雲	うすぐも
	20	朝顔	あさがお
	21	少女	おとめ
	22	玉鬘	たまかずら
	23	初音	はつね
	24	胡蝶	こちょう
	25	螢	ほたる
	26	常夏	とこなつ
	27	篝火	かがりび
	28	野分	のわき
	29	行幸	みゆき
	30	藤袴	ふじばかま
	31	真木柱	まきばしら
	32	梅枝	うめがえ
	33	藤裏葉	ふじのうらば
第二部	34	若菜上	わかなのじょう
	35	若菜下	わかなのげ
	36	柏木	かしわぎ
	37	横笛	よこぶえ
	38	鈴虫	すずむし
	39	夕霧	ゆうぎり
	40	御法	みのり
	41	幻	まぼろし
第三部		匂宮三帖	におうのみやさんじょう
	42	匂宮	におうのみや
	43	紅梅	こうばい
	44	竹河	たけかわ
		宇治十帖	うじじゅうじょう
	45	橋姫	はしひめ
	46	椎本	しいがもと
	47	総角	あげまき
	48	早蕨	さわらび
	49	宿木	やどりぎ
	50	東屋	あずまや
	51	浮舟	うきふね
	52	蜻蛉	かげろう
	53	手習	てならい
	54	夢浮橋	ゆめのうきはし

［引用・参考文献］

紫式部 著　林望 訳著（改訂新修）謹訳源氏物語　1（祥伝社文庫）
紫式部 著　林望 訳著（改訂新修）謹訳源氏物語　2（祥伝社文庫）
紫式部 著　林望 訳著（改訂新修）謹訳源氏物語　3（祥伝社文庫）
紫式部 著　林望 訳著（改訂新修）謹訳源氏物語　4（祥伝社文庫）
紫式部 著　林望 訳著（改訂新修）謹訳源氏物語　5（祥伝社文庫）
紫式部 著　林望 訳著（改訂新修）謹訳源氏物語　6（祥伝社文庫）
紫式部 著　林望 訳著（改訂新修）謹訳源氏物語　7（祥伝社文庫）
紫式部 著　林望 訳著（改訂新修）謹訳源氏物語　8（祥伝社文庫）
紫式部 著　林望 訳著（改訂新修）謹訳源氏物語　9（祥伝社文庫）
紫式部 著　林望 訳著（改訂新修）謹訳源氏物語　10（祥伝社文庫）
林望 著　源氏物語の楽しみかた　（祥伝社）
朧谷壽 監修　源氏物語を歩く（JTBパブリッシング）
渋谷栄一 監修　源氏物語を楽しむ本（主婦と生活社）
守屋多々志 著　源氏物語展（大垣市・大垣市教育委員会）

［監修］林 望（はやし のぞむ）

1949年東京生まれ。作家・国文学者。慶應義塾大学文学部・同大学院博士課程満期退学（国文学）。東横学園女子短大助教授、ケンブリッジ大学客員教授、東京藝術大学助教授等を歴任。『イギリスはおいしい』（平凡社 / 文春文庫）で日本エッセイスト・クラブ賞、『ケンブリッジ大学所蔵和漢古書総合目録』（P・コーニツキと共著、ケンブリッジ大学出版）で国際交流奨励賞、『林望のイギリス観察辞典』（平凡社）で講談社エッセイ賞受賞。『謹訳源氏物語』全十巻（祥伝社）で毎日出版文化賞特別賞受賞。学術論文、エッセイ、小説、歌曲の詩作、能評論等、著書多数。国文学関係では、『古今黄金譚』（平凡社新書）、『恋の歌恋の物語』（岩波ジュニア新書）、『往生の物語』（集英社新書）、『リンボウ先生のうふふ枕草子』（祥伝社）『女うた、恋のうた』（淡交社）等、古典の評解書を多く執筆。また、若い頃から能楽の実技を学び、能公演における解説出演や能解説等も多数執筆、観世流宗家観世清和師とともに新作能『聖パウロの回心』作劇。また声楽実技（バリトン）を学んで声楽曲・合唱曲の作詩多数。代表作は合唱組曲『夢の意味』（上田真樹作曲）。歴史小説『薩摩スチューデント、西へ』（光文社）、随筆『旬菜膳語』（岩波書店 / 文春文庫）、『謹訳平家物語』（全四巻、祥伝社）等著書多数。新刊『（改訂新修）謹訳源氏物語』（全十巻、祥伝社文庫）、『謹訳徒然草』（祥伝社）、『謹訳世阿弥能楽集』（檜書店）、『春夏秋冬恋よこい』（春陽堂）。

［画］臼井 治（うすい おさむ）

日本画家、日本美術院 特待。愛知県立芸術大学大学院美術研修科修了。師は片岡球子。愛知県立芸術大学日本画非常勤講師、同大学法隆寺金色堂壁画模写事業 参加を経て、現在は朝日カルチャーセンターなどで日本画の講師を務める。 また、国内のみならずリトアニア、台湾など海外での個展も開催。近年は、寺社の障壁画、屛風画を手掛けるなど、日本古来の伝統的技法を駆使し多岐にわたり活躍中。

監修　　　　　　　　林 望
画　　　　　　　　　臼井 治

装丁デザイン　　　　宮下ヨシヲ（サイフォン グラフィカ）
図版作成　　　　　　ハタ・メディア工房
本文デザイン・DTP　尾本卓弥（リベラル社）
編集協力　　　　　　山本ミカ　川合章子
校正　　　　　　　　合田真子
編集人　　　　　　　伊藤光恵（リベラル社）
営業　　　　　　　　廣田修（リベラル社）
制作・営業コーディネーター　仲野進（リベラル社）

編集部　鈴木ひろみ・中村彩・安永敏史・杉本礼央菜・木田秀和
営業部　津村卓・澤順二・津田滋春・青木ちはる・竹本健志・持丸孝・坂本鈴佳

くり返し読みたい 源氏物語

2023年9月24日　初版発行

編　集　リベラル社
発行者　隅田直樹
発行所　株式会社 リベラル社
〒460-0008　名古屋市中区栄3-7-9　新鏡栄ビル8F
TEL 052-261-9101　FAX 052-261-9134　http://liberalsya.com
発　売　株式会社 星雲社（共同出版社・流通責任出版社）
〒112-0005　東京都文京区水道1-3-30
TEL 03-3868-3275
印刷・製本所　株式会社 シナノパブリッシングプレス

ISBN978-4-434-32700-1　C0093